Alle körperlichen Schmerzen jeder Art und alle Unruhe der Seele sind ein Unbehagen, und damit verbindet sich allemal ein dem Schmerze oder dem Unbehagen gleiches Begehren, von welchem man es kaum unterscheiden kann.

John Locke

Auf offener Straße

Oft lag ich auf der Matratze und blickte durch das schräge Fenster in den grauen Himmel. Ich hauste in einem engen Verschlag unter dem Dach. Die Laken, fleckig, grau und zerknüllt, stanken nach Schweiß und verklebtem Staub. Es war der Geruch einer Lähmung, der sich langsam in die Lungen fraß. Von Tag zu Tag wuchs der Ekel. Doch die Laken in die Wäscherei zu geben, dazu konnte ich mich nicht aufraffen. Dahintreibend mit Tagträumen, die eine so trübe und schlammige Farbe annahmen wie das Licht, wenn es durch das verkrustete Bodenfenster auf die mit Packpapier beklebten Wände sickerte, fiel ich immer wieder in Schlaf, aus dem ich erwachte, träge und steif, mit einer auf der Brust wie ein Klumpen hockenden Dumpfheit.

Lange Zeit wiederholte sich ein Traum, dass mir die Haare in Büscheln vom Kopf fallen, ein eiskalter Wind erhebt sich von fern und treibt sie wie trockene Blätter vor sich her, und in dem Sturm geht mein kahler Schädel. Nachts drang vom tiefer gelegenen Stockwerk das lüsterne Keuchen der Mieterin unter mir herauf. Die Wände, die Luft waren erfüllt vom Röcheln, vom Husten, von den Schreien der Frau.

Stundenlang hockte ich auf dem Boden und sah durch das niedrige Fenster auf das nächtliche Schienennetz, auf die einsamen roten Signale, die weiten Lagerhallen, die ferne Eisenbahnbrücke, deren Träger und Bögen von der Witterung angefressen waren; ich sah über dem Fluss die braunen Güterzüge rangieren in der Morgendämmerung.

Das Packpapier löste sich langsam von den Wänden. Doch ich blieb hier wohnen, denn mir fehlte eine feste

Geldquelle. Im Übrigen kam ich auch zu Zeiten, wenn ich flüssiger war, nicht auf den Gedanken, in eine hellere und luftigere Wohnung umzuziehen. Es war die Anstrengung des Umzugs, die mich abschreckte, wie jede Unternehmung in der Außenwelt mich störte. Auch hielt das Zimmer, so wie es war, mir lästige Besucher vom Leib. Niemand wäre je auf die Idee gekommen, mich in diesem undichten Loch, das im Sommer stickig und drückend war und im Winter verräuchert und zugig, zu besuchen oder gar sich über Nacht dort einzuquartieren. In gewisser Weise gefiel mir der Zustand. Es war, als verkröche ich mich in einen Ausguss wie ein Tarnung suchendes Insekt, und der Ekel der anderen vor diesem Ort schützte mich.

Ich besaß einen ledernen Paravent für das Waschbecken, an dem ich mich wusch, einen großen Tisch, eine Messinglampe mit grünem Schirm, zwei tiefe, bequeme Sessel und einen zerfledderten Stich von der Place des Vosges aus einer Zeit, als in der Mitte des Platzes noch keine Bäume gepflanzt waren rund um das Standbild Ludwig XIII. Ein geometrischer Liebeshof, in dem die schöne Marion Delorme unter den Arkaden geht. Die Sessel gingen zwar aus dem Leim, aber ich lag ohnehin immer auf der Matratze.

Es ging lebhaft zu dort oben. Die anderen Mieter aus den unzähligen Käfigwohnungen dieses Steinkastens hatten auf dem angrenzenden Speicher kleine Verschläge zugeteilt bekommen, und manchmal, wenn sie ein Vorhängeschloss öffneten, um in ihren Habseligkeiten zu wühlen, entdeckten sie in den Ecken brütende Vögel, die durch die Dachritzen hereingekrochen waren.

Heruntergekommenes Mietshaus aus der Gründerzeit mit Holztreppen und Klos auf dem Zwischenstock und merkwürdigen Leuten wie dem Dicken, der mit umwickelten, in

Gummistrümpfen steckenden Wasserbeinen herumlief, im Parterre wohnte und schwarz arbeitete für ein Bestattungsunternehmen. Das heißt, er sargte die Toten ein. Manchmal musste er auf die Autobahn, um die zerstückelten Teile der Opfer aufzusammeln. Einmal, sagte er, lag eine Hand abgetrennt quer über der Fahrbahn, und der Polizist musste kotzen.

Der Dicke war der einzige Mensch, mit dem ich täglich sprach. Immer hing er im offenen Fenster zur Straße, billige Fehlfarben rauchend, und ich höre sein asthmatisches Krächzen, es jibt Fliejen, Fliejen, wenn das Wetter schwül wurde. Ein trauriger Fettkloß mit dem schleichenden Tod in den Venen. Die schwerfällige Art, mit der er sich über die Straße schob, widersprach auf lächerliche Weise seinem unablässigen Redebedürfnis. Zu jeder Tages- und Nachtzeit sprach er mich an, ob ich das Haus verließ oder betrat.

Kein Gespräch zwischen uns ging ab ohne dreckigen Witz. Dann blinzelte er seiner Frau zu, die meistens mit fehlendem Gebiss in der stickigen Wohnung herumlag. Am Abend führte er seinen Dackel am Bahndamm spazieren und sah in die erleuchteten Fenster.

Aus jener Zeit, in der er als Baggerführer gearbeitet und jahrelang jeden Morgen im Schlamm unter der Maschine gelegen hatte – was ihm schließlich Asthma und Venenentzündung eingetragen hatte –, um sie zu ölen, hatte er die Gewohnheit beibehalten, für seine Familie von der Fleischbank halbe Schweine mitzubringen. Die wurden in der zum Hof gelegenen Küche zerstückelt wie auf dem Schlachthof. Immer standen dort Eimer herum, und die Frau wischte kleine blutige Lachen vom Fußboden. Doch je mehr sie wischte, desto mehr schien der Boden rot getränkt.

Ich stand spätnachmittags auf einem Beobachtungsposten vor der bis zur Erde reichenden Glasfläche eines Schaufensters. Stand wartend, während in meinem Rücken die fiebrig fließende Bewegung der Menge abrollte. Doch ich empfand in jenem Augenblick nichts von all dem, was sich hinter mir abspielte, nichts von der gierigen Hektik, dem Stoßen und Stampfen, dem wilden Gewimmel und Gedränge um diese Zeit kurz vor Ladenschluss.

Was ich hier suchte? Ein bestimmtes Gesicht, das heute aus fremden Armen, Mündern, Augen plötzlich aufgetaucht war, ein bleiches, abwesendes, schläfriges Gesicht. Dazu die übrige Gestalt, nichts als schaukelnde Ohrringe, hauchdünner Kleiderstoff.

Zwischen hoch aufgeschichteten Türmen von Waren spähte ich ins Innere des Raums, der sich hinter dem Glas ausbreitete. Von der Decke, den Seitenwänden und Ecken richteten sich glänzende Strahler und Scheinwerfer auf die gläsernen Vitrinen. Das Licht floss, flutete, strömte zwischen Spiegelwänden und Glastüren. Irgendwo in den unsichtbaren Schnittpunkten der künstlichen Strahlen, aufschießend wie Speere, wuchs und wuchs die Helligkeit so übersteigert, dass der Raum vor meinen Augen ins Wanken geriet. Schwankend und taumelnd erschienen die fensterlosen hinteren Wände, die Tische, ein Flimmern wie in der zitternden Luft über glühendem Wüstensand.

Zwischen Rasierklingen, Messern, Pfeilen, Scheren hatte ich sie plötzlich entdeckt, die ich bis hierher verfolgt hatte. Sie saß an einem der Tische vor einem schräg aufgestellten Spiegel. Auf einem schmalen, mit Stoff bezogenen Tablett brachte man eine Reihe schwarzer Stifte und setzte das Ganze auf den Tisch. Das Mädchen, einen Stift ergreifend, sich über den Spiegel beugend, zog, im innern Winkel des Lids beginnend, eine dunkle Linie rund um die Augen. Einen Moment sah ich nur diese Augen im Spiegel, den versammelten Blick, die dunkle Pupille unter der schräg angesetzten Spitze des Stifts. Aus dem schwarzen Ring um die sehr helle Farbe der Iris trat plötzlich der Ausdruck eines gehetzten Tiers.

Schärfer flimmerte das Licht. Die silbrigen Knöpfe an Türgriffen und Wandlampen blinkten unter dem grellen Leuchten. Die Luft stand unbeweglich zwischen den atmenden Wänden. Da traf mich aus einer flachen Messerklinge ein langer Lichtstrahl und schoss mir direkt in die Augen. Im Augenblick, als der Blitz eindrang in meinen dumpfen Kopf, schlug ein Schwall mit Wassertropfen gegen das Glas und zerstückelte das Fensterbild in glitzernde Splitter. Heftiger peitschte der Wind von der Straße her den Regen gegen die Scheibe, über meinem Kopf der Donner zerschlug die geschlossene Mauer der Lautlosigkeit in meinem Rücken, ich hörte das Hupen der Wagen, die scharrenden, sich drängenden Füße, die Rufe, und dann das unruhige Rauschen des Regens zwischen den Reklameschildern.

Plötzlich war mir, vor dem Schaufenster wartend, die Geschichte eines Malers, die Geschichte seiner Verstümmelung, die sich auf rätselhafte Weise in seinen Bildern angekündigt hatte, durch den Kopf geschossen. Ich glaube, es war die sich ins Auge bohrende Helligkeit, die die Erinnerung in mir hochtrieb an jenen langsamen, blinden Lauf des Malers, an sein Auge, das, wie blutig aus dem Bauch eines Tieres quillende Innerei, aus seiner ausgeweideten Höhle hing.

Er schien besessen davon. Wimmelnd über imaginäre Wüsten wie riesige Ungeheuer waren überall in seinen Bildern die Augen aufgetaucht. Sie kamen aus der Ferne des Horizonts, aufsteigend aus vergessener Zeit, lagerten wie abgestorbenes Urgestein zwischen den Felsen einer entleerten Landschaft. Unter weitem Himmel schlitterten sie, flach wie Spiegeleier, auf der Bahn ihrer letzten Reise, während eines ihrer Exemplare zwischen den metallenen Zangen von Roboterfingern gerade nur so weit gequetscht wird, dass die Pupille bis zum Äußersten heraustritt.

Eines Nachts malte er auf dem Rückweg an eine dunkle Mauer am Rand der Stadt ein riesiges Auge, das Innere leuchtend wie ein schwarzer Trichter von Angst und Begierde und das Äußere auslaufend über dem blutigen Rand wie Eiweiß aus der zerbrochenen Schale.

Kurz darauf geschah es, dass, während eines heftigen Streits in dem Lokal, in dem er gewöhnlich seine Freunde traf, ein Unbekannter, den Hals einer abgebrochenen Flasche drohend in der Hand haltend, im Gemenge gegen ihn geschleudert wurde und das abgesplitterte Glas sich ihm tief ins Auge bohrte.

Einen Augenblick verharrend im stummen Zucken des Körpers, wand er sich dann, die eine Hand vor das Auge geschlagen, quer durch die plötzliche Stille des Saals, bewegte sich auf die breite Front der Fenster zu, Stühle und Tische in wahnsinnigem Lauf zu Boden reißend, und stieß schließlich wie ein Falter blind gegen die Scheibe.

Immer wieder raste er gegen dies Glas, als hätte für seine Blindheit dies einzige Feld von Helligkeit alles Wirkliche in einem Strudel aufgesogen, in den sein Schrei, sein einziger Schrei aus der Stille, die ihn umgab wie ein Todesstreifen, hinabstürzte.

Oft schlenderte ich gegen Abend, in den gelben Staub der Abgase blinzelnd, die Straßen in meinem Viertel entlang. Es gab nichts, was mich antrieb, die Zeit mit Nützlichem zu verbringen, so ging ich zum Spanier und trank einen Grappa und sann den Ampeln nach, die ihre aufleuchtenden Signale aussandten in die weite Leere der Straßenkreuzung.

Zu jener Zeit war ich besessen von den Straßen.

Angefangen hatte es mit einem plötzlichen Gefühl der Erleuchtung, in dem mir die Stadt auf merkwürdige Weise verändert erschien, als ich nachmittags noch spät auf einer leeren Landstraße am Stadtrand im Regen ging. Ich sah eine Gruppe von Menschen, zusammengepfercht in einem offenen Schuppen am Rand der Straße inmitten der leeren Weite der Felder. Unaufhörlich strömte der Regen aus dem grauen Himmel auf das Wellblechdach, unter dem die Menschen warteten. Als wäre dies ihre einzige Wirklichkeit, das Dampfen der feuchten Kleider, der Körper unter den Kleidern, eng aneinander gedrängt, und darüber die dumpfen Augen, die weißen Münder in den kalten Gesichtern, den Atem ausstoßend in den frühen Frost, eine dunkle Masse mit steifen Mänteln und Aktenmappen unter dem gelben Signal einer Haltestelle.

Etwas ging vor, als ich das sah, eine Veränderung, stoßartig wie der Ausbruch einer Krankheit, wenn sie lange schon im Körper genistet hat, und dann plötzlich an einem Morgen enthüllt der Blick in den Spiegel, dass man von Kopf bis Fuß bereits bedeckt ist von ihrem Ausschlag.

Seitdem trieb eine unbestimmte Erwartung mich durch die Straßen, ohne Ziel. Plötzlich zerfiel mir die Zeit in Augenblicke des Wartens, aneinander gereiht nur durch die Gesten, die sie einkreisten, meine Schritte von Straße zu Straße, das Schlenkern der Arme, des Kopfes beim Gehen.

Bewegungen wie in der Drehtür, wenn der Drehkreisel nicht mehr loslässt, die Schritte sich aneinander fügen, ohne sich fortzubewegen. Aber was entdeckte ich plötzlich? Dass fiebrig wie mein Gang die ganze Stadt war. Krater, Schneisen, Stollen schlugen sich in die Erde, in der Tiefe bewegten sich Baukräne und Schaufelbagger, grabend, stoßend, aushebend, erweiternd. Die Straßen waren tief unterhöhlt von verborgenen Schächten. Unten wuchs rasch sich ausbreitend ein neues heimliches Netz. Am Tag bewegte ich mich über schwankenden Boden. Risse brachen auf im Pflaster, Holzbrücken waren quer über tiefe Gräben geschlagen. Jeder meiner Schritte war begleitet vom saugenden Schwindel, der mich beim Blick in die Tiefe unter die Ritzen zog. Unablässig zitterte die Luft vom Staub, vom Stampfen, Klopfen, Dröhnen der Bohrer und Kräne, gepresste Luft, Kreischen der Sägen.

Nachts schlich ich wie ein hungriges Tier durch den fauligen Geruch aufgeworfener Erdwälle und Abwasserrohre, Kanalgas, rostige Kabel, erkaltender Teer.

Von Tag zu Tag fand ich es unerträglicher, mich in geschlossenen Räumen aufzuhalten.

Ich glaube, seit je bedeuteten die Bahnhöfe für mich den heimlichen Mittelpunkt einer Stadt. Die gedrängte Hektik der Schalterhallen, die aschgraue Traurigkeit der Wartesäle, die Pfiffe über den nächtlichen leeren Bahnsteigen. Vor allem ein einziges Versprechen ist so ein Bahnhof, Aufbruch und Tod.

Ich erinnere mich, undeutlich schwirrten mir Reisepläne durch den Kopf. Im Gehen sah ich die langen Zahlenreihen mit den An- und Abfahrtszeiten auf den Fahrplantafeln vor mir und genoss im Voraus die Begegnung mit Namen von unbekannten Städten. Sie würden den Geschmack von Salz hervorrufen auf meinen Lippen, die Gischt des Meeres auf meinem Gesicht, den Schauer auf der Haut, all das beim Gedanken an leere Sandflächen unter einem grauen Himmel.

Doch angelangt am Bahnhofsgebäude, zeigte auch sein Inneres sich als ausgeweideter Kadaver. Fahrkartenschalter, Geschäfte, Cafés waren ausgelagert in Baracken auf dem Vorplatz. Als ob der Ausnahmezustand sich über die Stadt gesenkt hätte mit dem Geruch von ranzigem Fett aus den Bretterbuden.

Eine schmale Holzgalerie verlief nun rings um das ausgehöhlte Loch in der Halle, zum Krater hin abgegrenzt mit hohen Drahtzäunen. Dort standen Menschen und pressten die Gesichter an die Löcher im Draht, in die Tiefe blickend, wo fern an den Abhängen des Kraters die Arbeiter hingen, gleichmäßig klopfend unter dem Dröhnen der Maschinen. Aus der Entfernung wirkten sie wie künstliche Figuren aus stoffverkleidetem Drahtgestell.

Über dem Loch hing eine schwere Staubfahne. Ab und zu sich verdichtend zu einem schmutzigen Gelb, verschwand sie plötzlich wieder, je nachdem, ob ein Lichtstrahl durch die Fensterhöhlungen fiel, aus denen man die Glasscheiben schon herausgebrochen hatte. Für Sekunden übergoss ein schwefliges Licht die Halle. Darunter verharrten die Köpfe in gleichmäßiger starrer Haltung, die schweigenden weißen Gesichter alle in dieselbe Richtung gewandt.

An der Seite der Grube verlief jetzt eine Treppenbrücke mit Stufen aus Holzlatten über dem Krater. Jene breiten Treppen, früher links und rechts zum Wartesaal führend, waren jetzt abgerissen. Nackt ragte der Wartesaal über den

Abgrund. Hinter dem Glas sah ich Menschen vor dem langen Buffet sitzen, einzeln verteilt auf die Tische. Die Oberkörper bewegten sich in stummen Gesten. Sie machten Zeichen, hoben und senkten den Arm, öffneten und schlossen den Mund. Ich flüchtete aus der Halle. Warum sollte ich aufbrechen, abreisen? Es war gleichgültig, wo ich war. Einen festen Standort kannte ich längst nicht mehr.

Ich musste mich in den Straßen herumtreiben, das Arbeiten der Werkzeuge beobachten, das Stechen und Saugen. Von Zeit zu Zeit hatte ich das Gefühl, aufzuwachen unter dem Druck dieses Hämmerns und Klopfens.

Immer auf der Suche nach Erregungszuständen.

Manchmal gab es nur noch dies: den Moment zwischen den Bewegungen meiner Füße. Der Wechsel zwischen Stillstand und Beschleunigung meiner Schritte trieb mich weiter, und die Geschwindigkeit, mit der die Straßenbilder vor meinen Augen sich zusammensetzten, gerinnend, zerfließend.

Muss ich noch sagen, dass das Gehen selbst zum Rausch wurde, zu Opium, Traum, Brand der Bilder?

Öfter aber kam ich mir vor wie ein Verirrter im Ödland. So, als ich des Nachts eine lange Straße entlangging, die aus dem Kern der Stadt in die Vororte führte. Da geriet ich in ein Feld, das ohne Beleuchtung schwarz zwischen den erleuchteten Abschnitten der belebten Innenstadt und der Vorstadt lag. Vor mir und hinter mir herrschte das Licht, und dazwischen plötzlich der schwarze Grenzstreifen des Stadtrands. Ein leeres Land, in dem ein unbestimmtes Gefühl der Bedrohung meine Schritte in der Dunkelheit antrieb, wo hinter Bretterzäunen im Graben die Büsche wild wucherten.

Menschenleere Räume, Straßen zogen mich an. Die Leere

suchend, wich ich jedem aus. Als triebe mich die Berührung mit anderen in einen Zersetzungsprozess, der mich augenblicklich in einen verfaulenden Klumpen verwandelte.

Eines Nachts stand ich in einem dunklen Torbogen, als mich die Angst überfiel.

Was das für eine Angst war, kann ich nicht sagen – immer trat sie unerwartet auf und war eher ein Gefühl der Beklemmung, das mich plötzlich umschloss. In der Hand hielt ich den steifen Schwanz, der sich in meinem betrunkenen Zustand leicht anfühlte, leicht wie ein langes Rohr aus Aluminium.

Unbestimmt wartend, tasteten meine Finger über den Mörtel in den Ritzen und Spalten zwischen dem Backstein der Mauer. Über mir stand der Himmel sehr groß und klar zwischen den hohen Häuserwänden. Wenn man mit besoffenem Kopf durch die Straßen irrt, hat so ein nächtlich blauer Himmel etwas Berauschendes und Beklemmendes zugleich. Man möchte sich flach auf den Asphalt legen und in den Abgrund der Dächer stürzen. Ich rannte in die Richtung, wo ein Licht schien. Gelächter schallte mir mit übergroßer Lautstärke durch den verlassenen Saal entgegen. Das Echo setzte sich fort in der weiten Öde zwischen aufleuchtenden Spielautomaten und unbesetzten Tischen. Ein schreckliches Gelächter kam heftig aus dem Mund einer Frau, einer dunklen Öffnung in einem hellen Gesicht, das keine Miene verzog, starr. So sah ich sie von der Straße her durch die große Glasscheibe mit der bunten Aufschrift. Sah sie sitzen, die bleiche Haut, mitten in der Nacht, in der grausamen Helligkeit der weiten verlassenen Halle, allein an einem Tisch zwischen aufblinkenden Lichtern, dem Klingeln und Rasseln der Spielautomaten. Die Tür stand weit offen zur Straße wie der geheime Eingang in ein verbotenes Zimmer. Ich glaubte, die Fremde wieder zu erkennen. Ich betrat den Saal, um sie zu küssen. In diesem Augenblick kippte ihr Lachen um, ein Zucken fiel über sie her, den Oberkörper vornüber auf die Tischplatte schüttelnd, und die verzerrte Miene zerfloss unter den schwarzen Rinnsalen ihrer sich auflösenden Schminke. Unter Zuckungen stolperte sie auf die Straße. Sofort war sie verschwunden.

Auf der Suche nach ihr geriet ich später in der Nacht in eine Grillstube gegenüber der dunklen Ruine des Bahnhofs. Ein nackter heller Schlauch, lag sie eingeklemmt zwischen den unbeleuchteten Schaufenstern zu beiden Seiten.

Allein stand ein Mann mit verdreckten Hosen an einem hohen Tisch und verschlang aus einer Pappschale welke Pommes frites. Tief tauchte er sie in die rote Sauce und führte sie zum Mund. Ich starrte vor meinem Bier in die Dunkelheit hinaus. Es war sehr still in dem Raum. Auf der Theke die Stapel von rohem Fleisch, von Würsten und Gebratenem, überzogen mit einer Schicht von erkaltetem Fett, in den Schüsseln verfielen schmierig Salat und Gemüse.

Plötzlich bückte der Mann sich zu seinen klobigen Schuhen. Mit langen, schmutzigen Nägeln ergriff er vom Boden ein Stück Papier. Im Bücken entblößte sich ein kleines, nacktes Loch im Haar. Preisgegeben meinem absichtslosen Blick, starrte mich dies Stück nackten Schädelfleisches an, herausgerissen aus der Verborgenheit, drängte sich auf, obszön wie eine Wunde.

Ständig verfolgten mich solche Erscheinungen.

Einmal bewegte sich hinter einem Fenster der Körper einer Frau. Als ich sah, wie das Fensterkreuz ihren Körper teilte, stieß wie von Hämmern getrieben das Gefühl der Bedrohung aus der Erscheinung, als zerfalle dort gegenüber ein Leib in seine zerstückelten Teile.

Jede dieser Erscheinungen war als einzelne wirklich. Doch plötzlich schienen sie durch eine Art überbelichteter Schärfe aus dem Rahmen der sie umgebenden Wirklichkeit zu fallen, so dass sie mich, losgelöst, doch verbunden mit Ausschnitten von ähnlicher Eindringlichkeit, wie mit übermäßigem Ticken umgaben, mit der Genauigkeit von fantastischen Uhrwerken.

Am Anfang waren jene unsichtbaren Zellen gewesen, die sich immer dann um mich schlossen wie eine dichte Haut, wenn ich plötzlich hingegeben war an ein Ding, ein Bild. Da redete vielleicht jemand, den ich auf der Straße getroffen hatte, auf mich ein, ich gab Antwort, machte ein aufmerksames Gesicht, während ich in Wirklichkeit einen Türausschnitt betrachtete oder ein Fenster, vielleicht ein hohes mit einem weißen Kreuz und der Dunkelheit des unbekannten Zimmers dahinter – und im Fensterglas zogen die Bilder der Bäume auf der Straße davor oder die der Mauersteine von gegenüber vorüber.

Besonders gern schlich ich mich in die leeren Räume in ausgeräumten Altbauwohnungen im Norden der Stadt, die ich auf meinen Streifzügen aufspürte, und betrachtete jene Fenster, die durch den blendenden Lichteinfall von draußen eine einzige schneeweiße und silbrig glänzende Fläche schienen, die keinen Ausblick nach draußen gab, und vor ihr bewegte sich die Gestalt im Raum wie ein Schatten.

Eine Geschichte, die auch mit einem Fenster zu tun hat. Ich war fünf oder sechs, der erste Herbst nach dem Krieg, wenn ich mich richtig erinnere. Meine Mutter hatte mich mitgenommen zu Freunden, weil sie nicht wusste, bei wem sie mich lassen sollte, sie tranken alle viel und hatten mich bald vergessen. Ich entdeckte in der fremden Wohnung ein hohes Zimmer, in dem kaum Möbel standen, nur ein Bett und ein Kachelofen, glaube ich. Das dunkle Fensterkreuz zerteilte die Dinge außerhalb, einen Baum, das Dach eines Hauses, in dessen Giebel ein einzelnes Fenster leuchtete. Es teilte vor allem das Licht, ein warmes blaues Zwielicht, das in der Sekunde des Umschlags von der Dämmerung in die Dunkelheit die Dinge scharf auf mich zurücken ließ. Eine Sekunde, in der dies träge, geheimnisvolle Blau eine stechende Intensität bekam, bevor es verschwand.

Ich saß vor dem Fenster, im Raum nebenan sprachen die Gäste, klirrten die Gläser. Tief unten lag die Straße, jenseits, hinter der Böschung, liefen die Schienen, aus dem kleinen Bahnhof führend und in einer Kurve verschwindend, und dahinter Schuppen und Lagerhäuser, ein zementierter Ladeplatz, auf dem unter dem Bogen einer einzigen Laterne verlassen zwei Lastwagen abgestellt standen wie erstarrte Tiere.

Draußen wurde es dunkler und dunkler, und immer heller erschien in der Fensterscheibe die weiße Fläche eines Gesichts. Nur diese weiße Fläche, und immer heftiger glühte über dem leeren Platz die einzelne Lampe. Der Platz war ganz bei sich. Sehr fern und verlassen, zwischen den glatten Wänden der Lagerschuppen, schwang in der Lautlosigkeit draußen plötzlich die Stimmung von Mord. Auf den Schienen begannen sich geräuschlos die dunklen Waggons der Güterwagen zu regen. In dumpfem Brüten hatten sie dort gewartet und setzten sich nun in Bewegung.

Langsam, sehr langsam zog das Rollen der Räder über das Gesicht, das mein Gesicht war, im Fenster hinweg. Rollte, schob, walzte.

Ich floh vor dem Bild aus dem Zimmer, stieß die hohe Tür auf, die ins Dunkle des Korridors führte, und lief auf die Straße.

Kaum war die Tür hinter mir ins Schloss gefallen, als mich eine andere Erscheinung anfiel, als hätte sie mir aufgelauert. Im Laufen warf ich einen Blick durch ein niedriges, weit geöffnetes Fenster in ein ebenerdiges Zimmer.

Ich sah einen einzelnen Stuhl, einen einfachen Stuhl aus Holz, leer vor einem Vorhang. Unter dem Vorhang auf dem Boden ragte eine Hand hervor, eine sehnige Hand mit gelber Haut und langen, gebogenen Fingern. Vielleicht war es nur die Hand eines Schläfers, dem sie im Schlaf hinter dem Vorhang entglitten war. Vielleicht aber hatten die Bewohner des Zimmers die Stätte des blutigen Geschehens fluchtartig verlassen.

In gewisser Weise lebte ich noch immer in dieser kindlichen, primitiven, von Magie gelenkten Welt, in der die Angst eine so wichtige Rolle spielte.

Wann aber hatte, was mir im Sehen zustieß, begonnen, alles andere zu ersticken?

Mein Innenleben wie abgestandenes brackiges Wasser in einem Tümpel, in dem sich giftige Gase bilden, weil nichts mehr abfließt. Ich, eine Missgeburt, eingesperrt in Konservierungsflüssigkeit, in einem durchsichtigen Glas in einer Reihe von ebensolchen Gläsern, verhockt, verkrümmt, mit riesigem Kopf und blinden Augen.

Wenn ich mir die Dinge ausgesucht hatte als Begleiter der Einsamkeit – immer erschien mir die Einsamkeit als die einzig mögliche Existenzform –, die Dinge, die Bilder, später begannen sie meinen Blick zu erstarren, als hätte ich zu lange in die Mitte einer kreisrunden Sonne geschaut.

Manchmal entdeckte ich, dass ich wie ein Greis mit mir selbst sprach. Plötzlich stand ich still vor dem Spiegel, Seifenschaum im Gesicht und den Rasierpinsel in der Hand, und lauschte dem Klang der Worte nach, die ein Fremder zwischen den Kacheln ausstieß.

Manchmal brach ich in Lachen aus, ohne Anlass und mitten unter vorübergehenden Menschen auf der Straße. Das Lachen stieg in mir auf und schüttelte mich. Ich konnte es nicht unterdrücken, ein gieriges und erbärmliches Lachen.

Manchmal dachte ich, vielleicht sind es nur Anfälle von Todesangst, die mich einsperren im Bild, und nichts rührt sich.

Doch ich erinnerte mich auch an andere Augenblicke. Wenn ich durch die Straßenmärkte tief in den Slums um den Faubourg St-Antoine hinter der Bastille wanderte, die Farben, den Geruch von blutig gehäutetem Wild, von glasig daliegenden Fischen, von Melonen und Pilzen und Fenchel und Knoblauch und den Schweißgeruch der Händler einsog. Oder beim Anblick der Porte St-Denis im Morgennebel und der Rue St-Denis, die sich, entleert vom allabendlichen Aufmarsch der Huren und der nächtlichen Stimmung geflüsterter Abmachungen und an den Toreingängen lauernder, sich auf jede Beute stürzender Blicke, durch die Stadt wand im ersten Tageslicht, buntscheckig und zerfetzt wie eine abgerissene Plakatwand.

Ein abgegrasteres Feld als diese Stadt hätte sich niemand zum Fluchtpunkt wählen können. Doch manchmal dachte ich, unterzutauchen in einen Gemeinplatz, das könnte ein Anfang sein.

Und zu Hause: Ab und zu unternahm ich dort eine Fahrt mit dem Vorortzug über die alten rostigen Eisenbahnbrücken. Und plötzlich war nichts geeigneter als diese Fahrten, um mich in jenen Erregungszustand zu versetzen, nach dem ich überall auf der Suche war.

Die meiste Zeit jedoch ereignete sich in meinem Innern nichts als die endlose Wiederholung einer Bildergalerie. Tote Bilder, ein ängstlicher Blick, eine Registriermaschine von Bedrohlichem.

Kam nicht die aufgebrochene Stadt meiner Stimmung entgegen? Überall das Hämmern und Klopfen. Ruhelos, unsichtbar arbeitete der Abbruch sich fort.

Jeden Morgen, wenn ich aus dem Haus kam, türmte sich neuer Schutt aus dem Innern der Häuser auf den Bürgersteigen, lagerten rostige Ofenrohre, zerbrochene Porzellanbecken, verblasste Kacheln, splitternde Türen sich sammelnd im Rinnstein. Einmal sah ich, wie ein Balkon sich langsam vom Haus löste. Die Stützen abgeschlagen, platzte zuerst der Verputz ab in weitem Bogen, dann ein langsam wippendes Abbrechen, schließlich ein ohrenbetäubendes Krachen beim Sturz in die Tiefe.

Zuweilen stand eine Haustür offen, und ich sah von der Straße in einen langen, lichtlosen Flurgang. An dessen Ende öffnete sich eine Hintertür zum Innenhof mit Bergen voll Abfall. Es herrschte eine dumpfe Verstörung an diesen Orten, wo Häuser saniert wurden, eine schlechte Stimmung nistete dort wie alter Fliegendreck und lagerte sich um die Mauern wie ein eiserner Gürtel. Unaufhörlich hörte man das Rieseln in den Rissen des verschimmelten Gesteins.

In merkwürdigem Gegensatz dazu standen die Bauarbeiten unten im Kern der Stadt. Glatt, schattenlos, in gigantischer Öde entstand dort, sich türmend in gläsernen Bauten, eine neue Kolonie von Banken, Niederlassungen luxuriöser Firmen, Bildergalerien, Antiquitätenläden. Weißer Marmor, Plastiken, plätschernde Brunnen. Nadelstreifenanzüge mit Aktenkoffern verzehrten hier in den soeben eröffneten Innenhöfen Forellen, Salm, Seezunge, Heilbutt.

Doch es war, als ob das Zucken und Rieseln in den alten heruntergekommenen Vierteln, wuchernd, sich aufbäumend gegen die Abräumung ihres Verfalls, sich fortsetzte durch die Stadt und unterirdisch eindrang in das neue Gebiet, wo alles verlassen dalag im steilen Glanz der neuen Türme.

Dann kamen die eintönigen Nachmittage am Ende der Woche, wenn es mich zum Fluss zog. Tief schlugen die Glocken der Kirchtürme in die entleerten Straßen. In meiner Erinnerung läuteten die Glocken am Samstagnachmittag ununterbrochen. Am Fluss klumpte eine Menge Menschen zwischen Fetzen dreckigen Papiers, leeren Dosen, klebrigem Speiseeis in den Wiesen. Es gab dort Motorradartisten in schwarzen Anzügen aus stumpfem Leder. Ihre Maschinen antreibend zu rasender Geschwindigkeit, federten sie in weiten Sprüngen über das Ufer. Einmal stürzte da einer aus hohem Flug von einem Gerüst. Schweigend im Kreis starrte die Menge. Weiter kreisten die Räder der am Boden liegenden Maschine in rasendem Lauf über dem Körper, der unter ihnen begraben lag.

Ich ging weiter, ging. Die Gegend, durch die ich ging: schwere, düstere Zechenviertel, die bedeckt waren vom Aschenregen. Schwefliges Licht, gelber Smog, vermischt, und in meiner Kindheit hatten sich im Nebel gespenstisch die Räder der Fördertürme gedreht. Jetzt drehten die meisten sich nicht mehr, viele Zechen waren stillgelegt, lagen wie monströse Urtiere erstarrt zwischen den Kohlehalden, zum Rand der Autobahnen hin dehnten sich Wüsten von Gestrüpp, alten Zeitungen, leeren Flaschen.

Als ich vom Aschenregen, von den Rädern, den schlohgelben Dämpfen aus den Fabrikschloten zu Max sprach, den ich dort manchmal auf meinen Streifzügen traf, lachte er.

– Niemand fühlt so. Niemand redet so von schwarzen Zechen, von baufälligen Straßen, sagte er.

Sich stellen, das war Max' Lieblingswort. Nicht irgendwo, sondern hier. Wo nichts war als Öde zwischen ausgebrannten Bergwerken, wo alles, jeder Einfall, jede Ausführung, das Leben erträglicher zu machen, von den Bewohnern selbst kommen musste. Max hauste am Rand des Ruhrgebiets in einer Arbeitersiedlung, betrieb eine Kneipe für Türken und Griechen, die bald schließen musste. Ein Pionier im wilden Westen der verlassenen Kohlestädte.

Sich stellen – immer nagte ein Gefühl von Unsicherheit, des Versagens an mir, wenn er das sagte. Doch ich merkte, er war auch ein Melancholiker und archaischer Säufer, und so wanderten wir regelmäßig ab in eine dieser trostlosen Kneipen am Bahndamm vor der Stadt, die alle *Gasthaus zur Post* oder *Zum letzten Heller* heißen, und in der grauen Zeit an regnerischen Wochentagen, bevor die Stammgäste nach der Arbeit hier einrückten, saßen wir an einem gescheuerten Tisch in der Ecke. In der Luft hing der nie zu vertreibende Geruch von saurem Bier und erkalteter Zigarettenasche, wir dösten in die staubige Dunkelheit und Verlassenheit dieser Pinten – kein Ort ist verlassener als eine Theke in einer leeren Kneipe am Nachmittag – und kippten nach und nach eine Menge Altbier und Korn.

Ein nacktes Mädchen, den Kopf zurückgelegt mit verdrehten Augen. Schon wieder war es ein Schaufenster, durch das ich sie im Gewimmel der Stadt aufspürte.

Einen Augenblick, bevor ich sie hinter dem Vorhang der Umkleidekabine entdeckte, hatte ich, plötzlich angefallen von dem Gefühl der Leere, die Stirn gegen das Schaufenster gedrückt, schweißnass, festgenagelt am Pflaster. Dann bewegte sich der Vorhang der Kabine, in der sie sich umzog, und ich sah sie eine Sekunde lang nackt, den Kopf zurückgelegt, mit diesen verdrehten, zuckenden Augen, und dann bei einer heftigen Bewegung die Spur einer langen Narbe, die sich ihren Schenkel entlangzog. Ich war überrascht, die ganze Erscheinung, so wie sie sich meinem Blick anbot, war, die Erinnerung vergessener Wünsche wachrufend, wie eine jener Wiederbegegnungen, deren ursprüngliche Spur sich im Gedächtnis verloren hat und die jene stereotype, hilflose und dümmliche Frage: *sind wir uns nicht schon irgendwo begegnet* hervorzurufen scheint, mit der der Fragende zunächst eine, wenn auch fragwürdige, so doch wenigstens oberflächliche Verbindung herzustellen sucht. Am meisten aber verwunderte mich der Ausdruck von offensichtlichem Entsetzen, den ich in ihren Augen zu entdecken glaubte.

Während ich sie noch betrachtete, erinnerte mich ihr Anblick plötzlich an eine weit zurückliegende, längst vergessene Begegnung in einem Warenhaus. Alle Warenhäuser haben einen Geruch von künstlichem Tod. Ich glaube, es ist der Geruch der Ordnung, der von den unendlich gestapelten Warenmassen ausströmt. Zwischen ihnen fühlt man sich wie ausradiert, und vielleicht war es dieses Gefühl, das in meiner Vorstellung ein Warenhaus mit der Lust verbindet.

Als Schüler hatte ich mich eines Nachts mit einem Mädchen in einem Warenhaus einschließen lassen. Wir hatten kein Auto und kein Geld für ein Hotel, die Kirchen waren nachts zu kalt und die Museen bis an die Zähne mit Alarmanlagen ausgerüstet, also verfiel ich auf die Idee mit dem Warenhaus. Vorübergleitend streiften die Scheinwerfer der Autos, die zuckenden Lichter der Leuchtreklamen, die von der Straße zwischen den Schaufensterdekorationen ins Innere fielen, unsere noch von der winterlichen Kälte draußen fröstelnden Leiber zwischen den dunklen Bergen der Waren. Während der ganzen Nacht hatte das Mädchen große Angst vor der Entdeckung am Morgen. Ihren Zopf um meinen Hals geschlungen, bearbeitete ich mit der Hand ihren Hintern. Einmal schien von fern eine Kasse zu klingeln, und sie schrie laut auf.

Jetzt, in der Höhe des Mittags, überquerte ich die Straße, stellte mich mit dem Gesicht vor das gegenüberliegende Schaufenster und wartete, dass sich in meinem Rücken die Tür auf der anderen Seite der Straße öffnete und vor mir aus dem Spiegelbild das Opfer heraustväte.

Es war eine jener seltenen Sekunden, in der das Licht, nicht jene milde Färbung und idyllische Stimmung ausgießend, die bei allen Menschen so beliebt ist, vielleicht weil sie die unablässige Sehnsucht nach dem Verschwinden der Angst zu erfüllen scheint – ein atmosphärischer Zustand, den die Angestellten aus den umliegenden Büros auch sofort ausgenutzt hätten, um in der Mittagspause spazieren zu gehen –, umschlug. Die Helligkeit bekam etwas Gewalttätiges, sie hatte die Straße überfallen mit einer erschreckenden, alle Schatten verdrängenden und die bloßgelegten Mauern verschwenderisch bis in jede Ritze überflutenden Brutalität. Fremd wuchs dies scharfe Licht, war Übersteigerung, anders als jedes gleichmäßige Tageslicht war es Folter, gleißender Schnitt in die Netzhaut.

Da spürte ich plötzlich, während es noch auf mich eindrang, ein Gefühl der Befreiung, als blickte ich nach einem langen Umhertasten in einem finsteren Tunnel ins Licht. Ohne Pause hatte mich der Gedanke, irgendwo ankommen zu müssen, vorangetrieben. Für eine Sekunde verlor ich die Furcht zu scheitern. Wahrscheinlich lag in der Erwartung von etwas Unmöglichem, einer Erwartung, die mich jetzt schon so lange durch die Straßen stieß, wirklich eine Täuschung. Doch plötzlich war ich, unter den Füßen durch die dünne Schuhsohle das raue Pflaster der Straße spürend und in den Augen dieses bestürzende Übermaß von Licht, sicher, gegen alle Wahrscheinlichkeit auf die Lebendigkeit der Empfindung setzen zu müssen, auf das zuckende Herz in der sich dahinwälzenden Eintönigkeit der Tage, auf den unerschütterlichen Gesang im Albtraum der Perfektion und Vernichtung, auf eine wilde Insel in den schnurgeraden Straßen trostloser Geschäftigkeit. Hatte es nicht gerade einen Zusammenstoß gegeben an diesem Ort, einen Zusammenstoß, dessen lautloses Echo eben in meinem Innern explodierte? Hatte ich nicht in dem unverhofften Wiederauftauchen der Fremden sofort einen von den Augenblicken erkannt, in denen, durch Zufall und Tagtraum hervorgewürgt, die Möglichkeit der *Erfahrung* auf dem Spiel stand?

Es lag etwas Verstecktes in der Nacktheit dieses Mädchens, etwas, was mich heftig anzog und mich gleichzeitig von ihr trennte. Wie fern waren die Schweißbäche, die sich in der stickigen Luft dort unter ihren Brüsten, in ihrem Nacken gebildet hatten, der Geruch ihrer Achseln, der Haut an den Schenkeln. Merkwürdig, dass sie sich nicht nur all ihrer Kleider, sondern auch der Strümpfe und Wäsche entledigt hatte. Nicht aber ihre Nacktheit war das Ungewöhnliche, sondern nackt zu sein an einem dafür nicht üblichen Ort.

Während ich noch in das Glas vor meinen Augen starrte, fingen plötzlich die Kirchtürme, die Dächer im gespiegelten Straßenbild zu schwanken an, dehnten sich aus, schrumpften zusammen, verzerrten sich schräg im lodernden Licht, die Wände der Häuserreihen rückten zusammen, drohend, als würde ich gleich überrollt.

Gefühl einer unbestimmten Gefahr wie in manchen Träumen, wenn man allein zwischen dunkel ins Übermächtige schießenden Hochhäusern durch entleerte Straßen irrt und mehr und mehr von ihnen umstellt wird unter einem düsteren einsamen Morgenhimmel.

Einen Augenblick, taumelnd in der Verwirrung, schloss ich die Augen. Ich klammerte mich an den Rahmen des Fensters, das Gleichgewicht suchend. Dann wurde mir klar, dass die ganze Verwirrung durch eine Entgleisung der städtischen Elektrizität entstanden war, am hohen Mittag waren mit einem Schlag die riesigen Glasröhren der Bogenlampen, der Lampenketten, die sich quer über die Straße spannten, erleuchtet und führten gewissermaßen einen Kampf mit dem Tageslicht. Die heftige Überschneidung von Licht und Beleuchtung hatte die Dinge um mich herum in Bewegung versetzt.

Als ich die Augen wieder öffnete, zitterte das Taumeln im Glas noch nach wie das Bild einer versinkenden Stadt in einem Aquarium. In diesem Augenblick öffnete sich endlich drüben die Tür, und das Mädchen verließ das Geschäft.

Ich ging ihr nach, ohne dass sie mich bemerkte, eine endlose Strecke führte der Weg, ohne dass es mir einmal gelungen wäre, sie von vorn zu sehen. Ab und zu, wenn sie den Kopf wandte, erschien der flüchtige Umriss ihres Profils. Zwischen uns, in der Entfernung, die uns trennte, war

Schweigen, angefüllt mit dem Lärm der Stadt, dem Wogen der Wagenketten, in den Nachmittag fließend.

Ich sah viele Paare an mir vorübergehen, umschlungen, eingehakt, sich an den Händen haltend, mit der ganzen ernsthaften Abwicklung rituellen Verhaltens, in dem die Liebe ein Schaubild von sich entwirft. Umso mehr machte ich mir ein Vergnügen daraus, den weiten Abstand zwischen uns als Zeichen einer Verführung zu betrachten, für die jede Geste, die die Situation deutlich gemacht hätte, ausgeschlossen war.

Niemand hätte uns für ein Liebespaar gehalten. Sie setzte ihren Weg fort, und ich folgte ihr, folgte dem, was in Wirklichkeit keine andere Bedeutung für mich haben konnte als die einer schönen Hülle, denn ich wusste nichts von ihr, nichts Entscheidendes, nur, dass sie auch heute aus nichts anderem bestand als aus Augenschminke, Ohrringen und einem dünnen Fetzen. Ich sah ihr langes Haar, und in meinem Kopf hatte sich das Bild der Narbe unter ihrem Rock festgesetzt. Die ganze Zeit fantasierte ich vor mich hin. Wie wäre es, wenn sie sich plötzlich umdrehte, und aus dieser Wüste von fremden Rücken, Schultern, Armen, Knochen, Köpfen, Knorpeln tauchte ihr Gesicht auf, bewegte sich gegen den Strom. (Sie kam auf mich zu und umarmte mich, so müsste es an dieser Stelle heißen.) Ab und zu reckte sie ihren langen Arm, und ich hörte das Klirren ihrer Armbänder. Ab und zu verschwand sie um eine Ecke, doch ich verlor sie nie in der Masse. Was mir so fremd und eigenartig vorkam, war weniger ihr Aussehen als die Art, wie sie sich bewegte, da kamen dann plötzlich leichte Verkrümmungen ihrer Glieder zu Stande, als locke ein Kobold mich fort in abgelegenere Straßenviertel.

Gegen Abend, als die aschgraue Dämmerung über die

Vororte hereinbrach mit ihrem Geruch nach trocknendem Mörtel und einsamen Hausfluren, nach Metall und Kälte und Stein, führte sie mich über die Bahngleise, vorbei an einer heruntergekommenen Bahnhofskneipe an einer verlassenen Ecke, unter eine Eisenbahnbrücke. Schwärze, Eisen, Backstein, Pisse, Echo. Was sie dort wollte, war mir nicht klar, jedenfalls hatte sie hier angehalten, und nun leuchtete plötzlich im rußigen Dunkel des Tunnels ihr Schenkel auf. Jetzt rechnete ich fest damit, dass sie mich ansprechen würde und fragen, warum ich den ganzen Tag hinter ihr hergegangen sei. Ein Bein abgespreizt, hochgestellt auf die Mauerkante, zeigte sich der Strumpf glitzernd hochgerollt nur bis über das Knie und darüber der bloße Schenkel. Sie aber, aus einem Netz mit Früchten eine Zitrone ergreifend, sie zerteilend mit einem kleinen Messer, das sie aus der Tasche zog, drückte die halbierte Frucht mit einer langsamen Bewegung zusammen, träufelte Saft auf die Narbe in einzelnen Spritzern, rieb dann mit dem noch feuchten Innern der Schale darüber hinweg, hin und her, und ich sah, wie das wunde Fleisch sich zusammenzog unter dem bitteren Saft, meinte, durch das Donnern, mit dem ein Zug, über unsere Köpfe hinwegrollend, jedes andere Geräusch auffraß, ein leises Wimmern im Tunnel zu hören.

Von nun an lauerte ich ihr jeden Tag auf, wenn sie das Haus verließ, und ging ihr nach. Sie wohnte in einem feinen Stadtviertel, das passte nicht zu dem billigen Aufzug, in dem ich sie zuerst gesehen hatte.

Düstere Paläste aus dem letzten Jahrhundert mit Säulenveranden und Amphoren auf den Treppenaufgängen lagen in uralten Parks hinter mächtigen Rhododendronbüschen, die die Auffahrt flankierten. Eine grenzenlose Stille gab dem Ganzen etwas von der Stimmung eines verfallenen Badeorts.

In solchen Ghettos wurden die Mädchen schon mit zwanzig zu alten Frauen erzogen. Stehkragenblusen, Internatsallüren, ein aufgeräumter, nie ratloser Ton.

Ob eine von ihnen je – wie wir es später in Paris taten – am Sonntag vor einem Geldwechsel an der Gare de Lyon gestanden und stundenlang in der Hitze darauf gewartet hatte, an die Reihe zu kommen, um die letzten Peseten, Lire, Mark zu wechseln? Nie den Geruch von Rucksäcken, Schweiß, trocknendem Menstruationsblut, Seetang, Coca-Cola, Knoblauch, Grappa, Turnschuhen, T-Shirts, fettigen Haaren, verklebten Hemden eingesaugt in der drückender werdenden Luft unter der Glaskuppel des Bahnhofs. Man steht sich die Beine in den Leib, fängt an zu fluchen, der Rücken auch schon abgewrackt, starrt auf die Bahnhofsuhr, nichts scheint sich zu bewegen in der Schlange. Plötzlich fühlt man eine Fremdheit wie nie zuvor, die gebräunten Gesichter, die heruntergerollten Strümpfe, die Streitereien unter den Wartenden erscheinen unverständlich und lächerlich, plötzlich überfällt einen die Einsamkeit inmitten des Lärms, der Ausrufe, der Ansagen von Ankunfts- und Abfahrtszeiten, inmitten des Geklingels, des Geschreis der Stimmen. Gepäckwagen schlängeln sich durch die Masse in dem staubigen Licht unter Glas und Stahl. Abgeschlossen, wie man sich nur in Augenblicken größter Traurigkeit fühlt. Und wenn man Glück hat, passiert dann etwas Geringfügiges, ein Brühwürstchen vom Buffet zischt ins Wasser, Wein spritzt aus einer Flasche, ein kühlerer Luftzug fährt quer durch die stickige Halle – da plötzlich die Freude, man ist allein und könnte schreien und lachen, völlig allein inmitten dieses lächerlichen und herrlichen Gewimmels.

Ich stellte mir vor, dass die Frauen aus diesem Viertel ihr ganzes Leben in schalldichten Limousinen von Diner zu

Diner transportiert wurden wie luftdicht verpackte Tischdekoration. In Zellophan eingewickelte Blumensträuße. Wenn das fremde Mädchen wirklich hierher gehörte ..., was trieb sie dann durch die Straßen?

Einige Tage ging ich ihr nach. Obwohl wir kein Wort miteinander gewechselt hatten, musste sie mich längst bemerkt haben. Wir gingen, als verbände uns eine Art von Komplizenschaft. Nie waren wir allein. Als gäbe es eine geheime Abmachung, hielten wir uns in diesen ersten Tagen nie in abgeschlossenen Räumen auf. Immer waren wir von Fremden umgeben, immer unterwegs auf dem Pflaster, waren wir ausgesperrt inmitten der anderen.

Nur einmal näherte sie sich mir und strich mir mit so obszöner Geste über die Augen, als öffnete sie mir die Hose.

Von einem Augenblick stürzte ich ab in eine gähnende Leere durch ein Loch in der Zeit. Es war, als glitte ich durch eine Schneise, die ihre obszöne Geste durch alles Wirkliche geschlagen hatte.

Ich spürte den Geruch der Luft nicht mehr. Überdeutlich sah ich die Wagen der Straßenbahn eintönig dem Weg der Schienen folgen. Von fern schwenkte ihr sich entfernendes Haar, doch es berührte mich nicht. Es gab nur noch dies: die Fahrt der Straßenbahn in ihren Schienen und die Stille in der Tiefe des Mittags. Ich sah auch die große Uhr in einer gegenüberliegenden Hauswand, doch mir fehlte jede Empfindung der fortschreitenden Zeit.

Die meiste Zeit aber gingen wir. Auch sie fing an, dem Gehen alles abzugewinnen.

Wir gingen über die Hauptstraßen der Stadt, spätnachts, als auf den engen Treppen, die von dort nach oben in einen anderen Stadtteil führten, schon die Nutten standen. Es roch auf diesen Treppen nach Angst, nach Messerstechereien, nach

Urin und toten Vögeln. Sie waren modrig und glitschig, und bei Tag sah man fast nie einen Menschen dort. In den seitwärts gelegenen Kneipen drückten sich Zuhälter herum und warteten und spielten Billard.

Als sie die Stufen dort vor mir hochstieg und ich ihren faden Geruch einsog, wurde mir fast schwindelig. Steckte die Hand zwischen ihre Schenkel.

Einmal hatte sie sich doch herumgedreht und mich angesprochen. Kurz darauf war sie in meiner Bruchbude unter dem Dach. Dass sie sich so ohne Umschweife in dieses Drecksloch legte, wo das Gekreisch der Vögel die Luft zerschnitt, einfach zwischen den stinkenden Laken ausstreckte, verwunderte mich.

Niemals konnte eine Frau, ein Freund meinen Forderungen genügen. Den Forderungen nach einer Steigerung, die alles Erreichbare überträfe. Ständig der Schrei nach Erfahrung, mehr Leben, mehr Tod, mehr Lust, mehr Wein, mehr Schmerz, mehr Stille. Ich erinnere mich deutlich an dieses erste Mal, ein Nachmittag im Spätherbst, das Laub schimmerte durch die weit geöffneten Bodenfenster herein, das Licht schäumte zwischen den Blättern, ihre Augen wuchsen zu glasigen Kugeln von unerhörtem Glanz, weiteten sich, wölbten sich, ein einziger gieriger Mund.

Fragte ich mich, was sie in dem Haus machte, in das ich sie hatte gehen sehen? Ich glaube nicht, im Anfang nicht. Ich wollte die Einsamkeit nicht verlieren, nichts war mir unentbehrlicher. Später erfuhr ich es. Sie wohnte bei einem Mann. Von Zeit zu Zeit gabelte sie einen Fremden am Bahnhof auf und verbrachte mit ihm die Nacht. Den Mann, mit dem sie lebte, stellte ich mir rosig vor, feist, manikürt, mit Smoking oder in samtener Hausjacke. Er war reich. Er besaß eine Sammlung von Reynolds. Ich sah ihn bei Tisch residieren, er sprach gern über Dubuffet und Ruisdael und über den Krebsfang.

Fragte ich mich, wie sie lebte, was sie dort hielt? Ich erinnere mich an ihre Abwesenheit, ihre Gleichgültigkeit. Alles schien vorläufig, ein Experiment.

Einige Zeit später machte sie einen Sprung und ging mit mir nach Paris, ohne sich darum zu kümmern, was hinter ihr lag, oder an die üblichen Sachen wie Geld, Unterkunft einen Gedanken zu verschwenden. (Immer gelang es ihr, alles zu beschaffen.)

Doch nach einiger Zeit wollte ich nicht mehr, dass sie in dieses Haus zurückkehrte. Eine Zeit der Tortur. Es gab Tage, da schleifte ich sie durch die Straßen, schleppte sie zu mir, stieß sie in den Dreck, die Unordnung, stieg über sie her und ließ sie liegen. Danach schickte ich sie zurück mit Schürfungen und Flecken auf der Haut.

Manchmal gingen wir beim Morgengrauen zu Bett und standen mit dem Dunkelwerden auf. Wir lebten in einem schwarzen Loch hinter zugezogenen Vorhängen. Abends traten wir auf die Straße, und dann zeigte sich deutlicher als im Zimmer eine gewisse Geistesabwesenheit, von der ihr Blick, ihre Gesten begleitet waren.

In der Schweigsamkeit zwischen uns lag ein Beigeschmack des Verschwörerischen. Verschworen wozu? Niemand hätte es sagen können. Wir wechselten kaum ein richtiges Wort.

In der lautlosen Zwiesprache, die wir untereinander führten, hatten die Dinge denselben Anteil gewonnen wie wir selbst. Es war, als ob sie, die Hauptakteure unserer Streifzüge, zum unentbehrlichen Element eines Dreiecks geworden waren. Zu dritt im Geflüster versunken, lagen wir im Anschlag gegen die fortschreitende Zeit, gegen die Gefahren, die unsere Begegnungen bedrohten. Niemals zuvor war ich so sehr dem Sog dieser Streifzüge verfallen. Schließlich ging ich umher wie ein Schlafwandler. Der Bogen einer unbeleuchteten Peitschenlampe über einer leeren, regennassen Straße, ein vergessener Park am Fluss, ein stillgelegter Bahnhof – inmitten der Stadt waren die Dinge lebendig zwischen Büschen und Bänken, zwischen abgebrochenen Pfeilern und Bögen aus Gusseisen, in einer zerbrochenen Glaskuppel über brachliegenden Schienen.

Ich glaube, wir suchten diese Orte auf wie ausgebrannte Opferstätten, verlassene Aschenhaufen, inmitten der Ordnung des Alltags tauchte eine andere Welt auf. Über den Bahnsteig fegte der Wind, über die halb zerbrochene Bank, auf der wir saßen, sie nackt bis zum Gürtel mit hochgeschobenem Rock, mit meiner Hand zwischen ihren eiskalten Schenkeln. Ab und zu wehten die ersten Schneeflocken unter das Dach. Nichts mehr an dieser Nebenstrecke der Eisenbahn war regulär, der Zugverkehr seit langem eingestellt. Es gab keine Zeit, keine Regeln, keine Erstarrung, und die Zeichen des Verfalls wucherten so lebendig, als bezahlte man sie dafür, alles Geordnete in ihrem Chaos zu verschlingen.

Plötzlich war sie von der Bank aufgesprungen und hatte sich auf den verdreckten Bahnsteig gelegt. Träge sich hin und her wälzend und windend, die Schenkel gespreizt zwischen Zigarettenstummeln und Abziehringen von Coca-Cola-Dosen, lag sie im Staub neben einer Holzbaracke am Rand der Schienen.

Nichts mehr schien fortzuschreiten – obwohl doch gerade das Gehen das ausgewählte Mittel unserer Verständigung war. Wir bewegten uns durch die Straßen wie auf treibenden Eisschollen, ungesichert von einer zur anderen springend, während sie unter uns wegsprangen, aufstiegen und absanken.

Manchmal beschleunigten wir unser Tempo, hetzten über den Asphalt, als wäre dies die einzige Möglichkeit, uns zu versichern, dass wir noch lebten.

Das Geld. Bis jetzt hatte ich immer dann eine Arbeit angenommen, wenn das Geld verbraucht war, das kam ungefähr auf sechs Monate Arbeit im Jahr heraus.

Ich hatte als Träger in einer Fabrik Säcke mit Hühnerfutter geschleppt. In einer Kolonne von fünfzehn schnappten wir uns die zentnerschweren Säcke, wenn sie auf dem Fließband zum Verladen kamen, und schleiften sie zu den Transportlastern. Davon bekam ich Muskeln, Schultern und Arme wirkten deformiert. Ich ging damals nie auf die Straße ohne ein Buch unter dem Arm, so hatte ich auch in der Fabrik eins bei mir, und in den Pausen setzte ich mich in eine Ecke und gab mich der jahrelangen Anstrengung des Lesens hin. Die anderen hockten zusammen. Nach kurzer Zeit hatte ich es auch hier erreicht, die Verbindung zu jedem Menschen abzubrechen.

Wenn ich nach Hause kam, konnte ich nur noch stumpfsinnig vor mich hin stieren. Ich starrte auf die roten Weichensignale unter mir am Rangierbahnhof, auf das Netz der Gleise, die rußigen Eisenträger. Ich glaube, das Einzige, was mir in diesen Nächten geholfen hat, meine fünf Sinne zusammenzuhalten, war dieses stundenlange Starren auf die düstere Schienenlandschaft, das Lauschen auf das Rangieren der Güterwagen und vereinzelte Pfiffe in der Nacht. Manchmal fraß die Einsamkeit dort oben an mir, die beißende Kälte, dann verließ ich mitten in der Nacht das Haus und irrte ziellos bis zum Morgen durch die Straßen. Immer waren die Straßen die einzige Zuflucht. Ich stieß auf Gesindel, das sich, wenn die Kneipen geschlossen hatten, in den stockfinsteren Toreingängen herumdrückte oder in den Höfen kampierte zwischen reparaturbedürftigen Autoteilen.

Anonymität der nächtlichen Straßen, durch die schon der scharfe Luftzug des Morgens weht, ich glitt hinein in sie wie in eine Höhle. Nachts am Fluss entlangzuwandern – gehen und gehen und im Einatmen außer sich zu geraten. Da waren das dunkle Wasser, die ruhenden Schleppkähne, die schwarzen Brückenbögen, unter denen ein Schäfer schlief oder ein Penner, das Licht sickerte unruhig durch das Laub der Platanen auf das Wasser, rote Lichter schwammen zuckend unter dem Gitter der Brückenbögen, und ab und zu von ferne das Geräusch eines laufenden Motors, und die Penner hatten sich unter eine Bretterbude verkrochen, auf die unvermeidlichen Zeitungen gekauert, das lauwarme Bier zwischen sich.

In solchen Nächten stieg mir die Freude zu Kopf und siedete dort, bis ich leicht wurde und leichter.

Der Arbeit in der Fabrik zog ich die an der Tankstelle vor. Ich war Zapfer. Ich war den ganzen Tag allein, eingeschlossen in monotonen Handgriffen, niemand störte mich im Lärm der Motoren, beschäftigt mit Auftanken, Ölwechsel, Waschen, Polieren, das alles ließ sich beinahe mechanisch verrichten. Wenn ich fertig war, ging ich über die Straße und trank beim Spanier mehrere Grappa, der Benzingeruch klebte an mir, Haut und Haar fettig von Ölflecken, ich fühlte mich wohl, geschützt und versteckt unter der Dreckkruste.

Jetzt also wurde es höchste Zeit, Geld zu beschaffen, und

ich machte mich auf die Suche nach einer Arbeit. Doch die Saison war schlecht. Studenten und Gastarbeiter überschwemmten die Arbeitsvermittlungen, und jeder zitterte um seinen Arbeitsplatz.

Vielleicht war es auch der unüberwindbare Widerwille gegen jede Art von organisierter Arbeit, die mir die Suche erschwerte. Die Stätten der Arbeit – Schlachthöfe, in die das Vieh, obwohl es den Geruch des Todes wittert, hineingezerrt wird. Giftige Dämpfe zerfressen Lungen und Bronchien, Augen und Rückenmark, und abends schießt eine Horde von Krüppeln aus den Fabriktoren, ausgeweidete Kadaver.

Auf der Suche nach einer Arbeit geriet ich in das alte brachliegende Hafengelände, in das ich seit langer Zeit keinen Fuß mehr gesetzt hatte. Obwohl es noch heller Tag war, lag es bereits verlassen da. Man würde alle Gebäude dort abreißen lassen in nächster Zeit, die Hafenbecken zuschütten, die Zeichen des Vergangenen vernichten, es wurde Platz gebraucht für ein neues Regierungsviertel.

Möwen, schrille Schreie ausstoßend im Nebel, kreisten über dem steinigen Gelände. Zwischen den Schienen der Ladekräne wucherte Gras. Lang gestreckte Hallen, Schuppen von rotem Backstein, Tore rostig, halb zugeschoben, dahinter dunkel die Lager und ausgeräumt.

Laut hallte mein Schritt über die Laderampen, setzte sich dröhnend fort im Innern der Lagerhallen. Das Geräusch eines fallenden Wassertropfens aus einem Kran in eine Pfütze unterbrach, löschte das Echo der Schritte. Riesig erhoben sich Kräne gegen den Himmel, unbenutzt, unbeweglich, die Ladehebel im Nebel gebogen wie Fangarme.

In der Lautlosigkeit jeder Mauer, im grauen Licht, in der Eintönigkeit des Geländes lag etwas Lauerndes. Da war das Klatschen des Wassers in den Becken. Nirgendwo ein Mensch zu sehen.

Ich stolperte, fiel zu Boden. Als ich wieder aufstand, war es plötzlich dunkler geworden, ein kalter Wind fuhr durch die leeren Lagerhallen. Einzeln kamen die ersten schweren Regentropfen. Während ich noch das Tor zum Ausgang suchte, hörte ich plötzlich hinter einer Wand das Knistern von brennendem Holz. Leise schlich ich mich an die Wand und spähte, eng an ihr entlanggleitend, durch einen schmalen Spalt in dem nicht vollständig geschlossenen rostenden Tor. Eine kleine Gruppe von Halbwüchsigen trieb sich da herum. Sie hatte sich um ein Feuer am Boden versammelt, in das sie eine Weile reglos starrte. Dann wühlte einer von ihnen in einem dunklen Haufen von Gegenständen, zerrte irgendetwas heraus, zerbrach es und warf die abgetrennten Stücke nacheinander ins Feuer. Hoch loderte die Flamme auf, in wildem Zucken, das gespenstisch über die Wände lief. Einen Augenblick erschien auf den Gesichtern ein gemeines Grinsen, dann schrumpfte das Feuer schon, und mein Blick fiel auf den Haufen am Boden. Da lag eine Menge alter Puppen, übereinander geworfen, ein lebloser Plastikberg mit Haaren, Wimpern und starren Klappaugen. Die Jungen rissen ihnen nacheinander die Arme aus dem Leib, die Beine, warfen die Glieder ins Feuer, schleuderten den Rumpf hinterher und zum Schluss den Kopf mit den ausgerissenen Haaren. Inzwischen fühlte ich, an das eiserne Tor gepresst, wie die Kälte wuchs, in meine Fingerspitzen, die Füße kroch, und versuchte, das Schlottern und den Schüttelfrost zu unterdrücken.

Bevor ich fortrannte, sah ich in der Asche eine Hand voll Glasaugen.

Mit Arbeit wurde es nichts in der nächsten Zeit. Lange lag ich in einem wirren Fiebertraum in meinem Zimmer. Als sei ich eingesperrt in einen Glockenturm, in dem das unablässige Dröhnen des Glockenschlags meinen Schädel zu sprengen drohte.

Dann wurde es ruhiger, und ich dämmerte vor mich hin, tagelang. Erinnerte mich an den letzten Kriegswinter. Ein Erinnerungsbild, das sich wieder und wieder einstellte:

Eine Nacht, in der ungeheure Schneemassen so gewaltsam über die Stadt hereinbrachen, dass jede Gegenmaßnahme unterlegen sein musste. Die Straßen leer gefegt. Die Bewohner schienen endgültig aus der Stadt vertrieben, unter der Schneedecke begraben. Der Sturm, das Gewicht der Schneemassen hatte die elektrischen Leitungen heruntergeschlagen. Doch vor allem – obwohl es ohnehin seit langem nachts kein Licht auf den Straßen gegeben hatte – war es auf eine andere Art dunkel, weil es schien, als hockten die Leute nicht wie gewöhnlich hinter verdunkelten Fenstern und warteten auf den Alarm, sondern als wären sie alle verschwunden. Die ganze Stadt verschluckt von der Dunkelheit, in der der Schnee plötzlich böse glitzerte.

Verformt unter der gespenstischen Schneedecke hatte ich ein einzig übrig gebliebenes Auto an einer Ecke stehen sehen. Durch die schneefrei gebliebenen, schwarz starrenden Fensterlöcher wirkte es wie sonst die ausgebrannten Häuser, wie eine stehen gebliebene Ruine. Hinter einer gefrorenen Scheibe machte mir eine Frau ein Zeichen, winkte mich zu sich heran.

Das hochgekämmte Haar entblößte ihren langen Hals, um den sie ein schwarzes Band trug, so eng, dass die Haut darunter sich zerrte und fleckig anlief wie von den Merkmalen einer Strangulation. Sie lag zurückgelehnt auf dem dunklen Leder im Rücksitz, die Beine über die Lehne des Vordersitzes geschlagen. Eine Sekunde sah ich ihre Spalte, rot und aufgerissen. Vornübergekippt erhob sich neben ihr auf dem Sitz ein dunkles Bündel. Sie forderte mich auf, auf der anderen Seite einzusteigen.

Das Türschloss war eingefroren, so zwängte ich meine Hände durch die eingedrückte Fensterscheibe, um die Tür von innen zu öffnen. Spitze Eiskristalle und Glasscherben ritzten meine Finger, zerschnitten die Haut an den Handflächen, und das Blut schmierte über die Polster im Innern des Wagens. Die Frau zog sich einen Mantel um, versuchte, den erfrorenen Körper zwischen uns zu bewegen, wir legten den vornübergerutschten Kopf zurück in den Nacken, neben die Glieder, die blauen, steifen Gelenke, drückten, hauchten, kniffen, schlugen, leckten, bissen, bohrten, rissen, schüttelten. Endlos traktierten wir diesen leblosen Leib. Ich hörte ihr Keuchen, wenn sie sich an ihn drängte, die Beine um ihn legte, den Kopf zwischen ihre Brüste gepresst. Sah ihren Atem fremd stehen in der Luft, fühlte den kalten Speichel aus ihrem röchelnden Mund auf meine Haut sickern, wenn sie zurücksackte ins Leder.

Am Morgen fiel eine Horde junger Raben in die leeren Straßen ein. Weit dehnte sich die Fläche von Schnee, und darüber hockend die schwarzen Vögel.

Das Mädchen ließ sich nicht blicken, während ich krank war. Morgens beim Aufwachen erinnerte ich mich, wie sie das erste Mal bei mir übernachtet hatte. Sogar im Schlaf hatten ihre Glieder nicht aufgehört unter der Decke zu zucken, unter den Lidern zuckten die Augen, verfangen in einem unruhigen Traum. Der ließ sie, auch wenn sie wach war am Tag, wie abwesend herumgehen, der gab ihren offenen Augen den starren Blick, mit dem sie am Morgen aufsprang und die Vorhänge vor die Fenster riss. Sie hasste das Licht, die Sonne, die taghelle Wirklichkeit, immer musste das Zimmer verdunkelt daliegen, der Himmel bedeckt, die Straße grau.

Sie kam nicht. Als ich wieder aufstehen konnte, fing ich an, sie zu suchen. Am jenseitigen Ufer des Flusses, dem halb abgerissenen Hafengelände gegenüber, in das ich vor einigen Wochen geraten war, dehnte sich eine andere Stadt, ein anderer Hafen aus. Die Wasserarme dieser Stadt reichten bis tief in ihr Inneres, oft lagen die Lastkähne unmittelbar am Fuß der Kathedrale.

In der Mitte des Flusses, zwischen den Städten, lagen mehrere bewaldete Inseln. Gegen Mittag ruderte ich zur ersten und drang ins Innere vor. Bald stieß ich auf einige rostige Fässer, sie mussten seit Jahren dort gelegen haben, angefressen von der Witterung, überwuchert von Gestrüpp und dichtem Farn, lagen sie dort wie versunkene Schiffe auf dem Meeresboden. Lagerten dort wie in einer untergegangenen Rumpelkammer aus dem Anfang des Jahrhunderts. Zwischen dem Gerümpel lag eine Frau und las, ein merkwürdiger Ort zum Lesen, fand ich. Plötzlich spürte ich die Stille unter den Bäumen, sie schien von Minute zu Minute zu wachsen, als habe sie nicht nur hier jedes Geräusch erstickt, sondern breite sich überall aus.

Eine Weile lungerte ich noch dort herum, ohne dass die Frau mich bemerkte. Einmal hörte ich tief in den Bäumen den Ruf eines Kuckucks, der mich schaudern und umkehren ließ.

Als ich um die Inseln zum anderen Ufer ruderte, entdeckte ich plötzlich zwischen den Bäumen die Spitze eines Turms. Er sah aus wie ein Grenzturm. Tatsächlich vernahm ich kurz darauf im Wald mehrere Schüsse. Ich nahm an, es waren Jäger auf der Jagd nach Fasanen und Hasen. Beim Knall der Schüsse ging mir auf, dass es Herbst war. Die Jahreszeit hatte ich in den letzten Wochen ganz vergessen. Jetzt spürte ich auch, dass ich fror, und roch vom Ufer den Torfgeruch in den Feldern. In den Bäumen hockten schwarze Vögel, die Flügel abgespreizt. Dann flogen sie plötzlich auf, und die Bewegungen ihres Fluges erschienen wie sich öffnende und schließende Totenhände.

Ich war tief im Hafengelände. Nirgends konnte es dreckiger sein. Nirgends verlassener, verrotteter. Kein Arbeiter mehr auf dem weiten Gelände. Wie das wucherte überall, die abgerissenen Plakate an den Holzbaracken, die Papierfetzen, Glasscherben, leeren Bierflaschen. Rost, Rost, aus verwilderten Wiesen hoben sich Kühlkessel, Schornsteine, weite Fabrikgebäude aus düsterem Backstein, durchlöchert die Fenster, starrend vor Schmutz.

Ich ging wie im Rausch. Es gab nichts Versöhnliches hier. Ein Ausmaß an Hässlichkeit. Ein Übermaß an Rohheit, das allem anderen spottete. Nichts blieb hier übrig von den Mitteln, die gewöhnlich darüber hinwegtäuschen. Nichts. Ausgesetzt der schwärzesten Stimmung. Ausgesetzt der Zerstörung.

Es wurde dunkler. Langsam bezogen die Nutten ihre Posten. Zigaretten im Mundwinkel, patrouillierten sie am Rand der einsamen Straße, die das Gelände durchschnitt, auf und ab.

Ab und zu näherten sich plötzlich grelle Scheinwerfer, hielten an, und lautlos verschwanden die Frauen in den

Autos. Sofort schlossen die Türen sich wieder, und die Wagen setzten sich in Bewegung und verschwanden in der Dämmerung. Und dann sah ich sie.

Sah sie in einem violetten Haus, das allein am Fluss stand in einer Biegung der Straße. (Im Vorgarten trotz der anbrechenden Kälte mächtige Büsche von weißen Hortensien.) Sah sie, hinter einem Fenster sich langsam drehend, kaum sich bewegend, fast auf der Stelle tanzend, eher nur leicht hin und her rückend, eng in den Arm eines Fremden geschlossen. Zwischen braunen Holzstühlen und einer Theke drehte sie sich in einer fast leeren Vorstadtkneipe im Halbdunkel des Raums.

Ich trat ein. Sie blickte mich an ohne ein Zeichen des Erkennens. Ohne ein Zucken im Gesicht, ohne Veränderung in den langsamen Bewegungen ihres Körpers. Ununterbrochen blickte sie mich an.

Zugleich war es, als raube man mir das Gedächtnis. Es war, als spalte sich dieser Körper wie ein früherer Teil meines Gedächtnisses, an dem im Gehen so lange die toten Bilder lebendiger Augenblicke vorübergezogen waren, unwiderruflich ab von mir, indem er diese träge Bewegung des Drehens vollzog in einem schwarzen Kleid am Rand des Hafens. Schon standen sie in einiger Entfernung von mir, fremd vertraut, und sahen mich an, diese Brüste, dieser Hintern, dieser Schenkel, dieser Fuß, die mein Gedächtnis waren.

In den Angeln quietschend, öffnete sich draußen das Gartentor. Ich sah hinaus. Ein alter Mann erschien mit einem Besen und begann, die Straße zu fegen. Die Wiederholung des gleichförmigen Strichs, das Heben und Senken des Arms, das Hin und Her des Besens. Überdeutlich sah ich das alles in der Sekunde, als ich glaubte, das Gedächtnis zu verlieren, und mir erschien die blinde Gleichgültigkeit, mit der der Mann den Abfall zusammenkehrte, wie ein das Leben auslöschender Sog.

Das Geheimnis ist die Maske der Gewalt. Dieser Satz, den ich irgendwo aufgeschnappt hatte, verfolgte mich, zusammen mit diesem Bild des Mädchens, wie es sich zwischen den Leuten vom Hafen bewegt hatte, den Blick ins Leere gleiten lassend. Sicher, ich hatte gewusst, dass sie sich mit Vorliebe im Hafen herumtrieb, das war die einfache Erklärung dafür, dass ich sie dort gesehen hatte. Aber das ganze Bild stammte aus einer so anders gearteten Welt als der gewohnten mit ihrem Lärm, ihren Zerstreuungen, ihren Glücksangeboten. Diese wahnsinnige und starre Trauer gehörte nicht hierher, nicht dieses Maß an Einsamkeit, das ihre Bewegungen umgab, eine Einsamkeit, die einfach da war, ohne Begründung, ohne Bedauern, ohne Anklage.

Ich blickte mich um und stellte fest, dass ich diesmal im Kino eingeschlafen sein musste. Die Vorstellung war längst vorbei und niemand mehr im Saal.

Es war ein heruntergekommener Kinopalast, ich ging dort oft während der leeren Nachmittage hin, um die Zeit totzuschlagen. Elf Kinos in drei labyrinthischen Stockwerken, über Steintreppen voll Zigarettenkippen, Eispapier, Kinokarten schleicht man herum wie in einem Bunker, hinter verschlossenen Saaltüren das Dröhnen der Filmmelodien, das Geräusch von Schlägen, von Schreien, von hohen Stimmen, vom Quietschen der Autoräder. Den Ausgang dieses Gebäudes erreicht man nur über eine enge Hintertreppe, am Ende liegt versteckt eine eiserne Schnapptür. Wie ein Dolchstoß zwischen die Schulterblätter fällt sie im Rücken ins Schloss.

Draußen blinkt eine scharlachfarbene Blume auf neben dem Ausgang, Peepshow, in regelmäßigem Aufzucken. Da stehen sie, bleich, schwarzes Leder, tauchen in Gruppen auf, klatschen grölend auf die gewichsten Schenkel, tolle Titten die Alte, schreien sie vor den Filmplakaten, aufgerissene Münder, in den Kehlen gluckert es von Hopfen und saurem Rülpsen, Metallverschlüsse zischen von den Bierflaschen, bedecken das Pflaster.

Immer noch saß ich in dem hell erleuchteten Kinosaal. Der einsame Sog der leeren Sitzreihen, der weiten Wandflächen, der grellen Beleuchtung, im Zugwind bewegte sich der große Vorhang. Schalldichte Stille, Gefühl von Gefahr – plötzlich klappte ein Sessel, und ich machte, dass ich davonkam.

Ich stieg den Berg hoch nach Norden, in die Altstadt. Es gab gewisse Straßen dort mit Kellerlöchern, in denen Gastarbeiter, Türken, Armenier, Griechen hausten wie Kakerlaken. Es gab Häuser dort mit tiefen Höhlungen, aus denen fremd die Gesänge drangen und Schreie, scharfe Dämpfe aus kochenden Kesseln, die den ganzen Tag auf dem Feuer standen. Es gab Fenster dort im Dreck der Stadt, die leuchteten in der Nacht aus den Mauern wie aufgeschlagene Bücher. Haufen von illegal Eingereisten, ohne Visum, ohne Aufenthaltsgenehmigung, ohne Arbeitserlaubnis, gepfercht auf Matratzenberge in modrigen Hausfluren, Ungeziefer, wohin man trat, Windeln, Gestank welker Wäsche, ängstlich in die Ecken gekauerte Frauen. Diese Dinge, die Windeln, das Ungeziefer, die Matratzen hatten etwas an sich, als könnten sie eine flüchtige und zugleich schlagartige Einsicht in die Existenz eröffnen.

Unten wuchs der neue Stadtteil in gläserner Öde. Hier oben brodelte eine blutige Auflehnung in jedem Liedfetzen, in den hastigen Schritten, mit denen die Straßenhehler, die heiße Ware in Schürzen, Tücher, Kappen gerafft, flüchtend verschwanden beim Geräusch von Polizeisirenen. Wie Maulwürfe verkrochen sie sich hinter dem abbröckelnden Verputz der Mauern.

Ich überquerte gerade den *Platz der Revolution*, als ich das Mädchen von der anderen Seite mir entgegenkommen sah, in den schwarzen Kleidern, die sie meistens auf unseren Streifzügen trug. Als ich sie so plötzlich sah, hatte ich ein Gefühl von geheimer Übereinkunft, wieder hatte ich dies Gefühl, das ich immer wieder vergaß, als hätten wir längst etwas unter uns abgemacht, etwas wie einen Absprung, und jedes Mal gaben mir der Gedanke daran und die langsamen Bewegungen, ihre langsam und zögernd auf mich zukommende Gestalt einen Stich wie eine Geste versteckter Zärtlichkeit. Ihre Erscheinung an diesem Tag, wie sie mir auf dem leeren Platz entgegenkam: In dem schwarzen Zeug war sie wie die ganze Ruhrkohlelandschaft. Kaputtes Sumpfgebiet, diesig, rauchend, spuckend, verlassen, rußig, brachliegend, mit Stickstoffen und langen Herzstößen, zuckenden Pumpbewegungen. Und die Liebe war Kohlestaub, waren gehetzte Begegnungen, ein Schenkeldruck in rauchigen Kneipen und Wartehallen, die von Menschen überquollen, war tödliches Gas in den Lungen, eine abgebrochene neblige Nacht, die eiligen Schritte im Morgengrauen über verlassene Halden, war verwaiste Zeche. War nicht Einheit der Hälften, wie es in Volksliedern heißt, war blutiger Gegensatz, unaufhebbare Trennung, weiß glühendes Loch in der Herzwand.

Wir gingen durch die heruntergekommenen Straßen. Die feuchte Dumpfheit der abzweigenden Gassen, in die niemals Licht fiel. Drang ein Fremder ins Viertel, verwandelten sich die beim Anzug der Gefahr von einer Sekunde zur anderen menschenleer daliegenden Straßen in einen Grenzgürtel, an dem der Kriegszustand herrschte. Wie Todesstreifen wanden sich die immer neu gelegten Flammenherde durch die heruntergebrannten Trümmer und Autofriedhöfe. Einen Sprung nur entfernt von dem ruhigen Viertel der Villen und alten Gärten, in dem sie lebte, wo das Leben zugeschnitten war auf die angenehmen Formen einer Bridgepartie – lag die Stadt hier oben im Norden wie ein ausblutender Rumpf.

Immer suchte ich nach einem Zittern unter der gleichförmigen Oberfläche des Alltags. Doch nie hatte ich stärker empfunden, dass meine Art, die Dinge zu betrachten, nichts anderes war als die verzweifelte Errichtung einer Mauer zur Verteidigung meiner Existenz, als an diesem Nachmittag, als angesichts dieses Grenzgebiets, in dem so viele nur versteckt überleben konnten. War ich überhaupt noch Herr jener Strategie, die Dinge aufzuladen, bis sie zu glühen begannen? Ein Taschenspielertrick. Diese Leere der Straßen, diese Bilder des Wunderbaren, die ich so liebte – war ich nicht längst ihr Gefangener, da ich mich in ihr schützendes Dunkel verkrochen hatte wie die Gläubigen zu früheren Zeiten in die Stille ihrer Kirchen? Heute sah ich alles in Ausschnitten. Sinnlos herumrollende Teilstücke. Zersplittertes drang in mich ein mit tiefen Schnitten, blinden Schnitten auf der Karte meines Bewusstseins.

Unter den Bäumen brach blau die Nacht herein. Ein gelber Streifen am Himmel, bevor es endgültig dunkel wurde. Das Laub, schwer vom Staub der Straßen, begann Feuchtigkeit auszudünsten. Plötzlich roch es nach frischen, noch grünen Walnüssen mit noch feuchtem Kern.

Nach und nach tauchten aus den verdunkelten, verrammelten Häusern schemenhafte Gestalten auf, sie rannten durch die Straßen und wimmelten über den großen Platz. Kurz darauf loderte ein Feuer zwischen den Bäumen zum Himmel.

Ich wusste nicht, was hier vorging, sah nur, wie die Gestalten, die nach und nach aus ihren Verstecken gekrochen waren, schweigend für eine lange Weile in monotonem Rhythmus auf der Stelle stampften. Sie bewegten sich im Kreis um das Feuer, die Arme hin- und herschwenkend, die Hüften wiegend. Noch stand die Luft dumpf zwischen den Häuserwänden, doch die schweigenden Gesichter, die Masse der Körper, alles hechelte nach Entladung.

Endlich brach ein vereinzelter Schrei über den Platz. Ein zweiter Schrei löste sich wie ein Kommandoruf. Ruf, wozu? Als Antwort schüttelte die Menge sich in einer einzigen Bewegung, heftiger wurde das Stampfen der Füße, das Wiegen der Körper, stoßweise drangen sie ein auf das Feuer und sprangen zurück.

Plötzlich vollzog sich, noch immer in völligem Schweigen, die Verwandlung der wild hin und her wimmelnden Gestalten in einen einzigen wogenden Körper. Der große Tanz begann.

Wie musste der Rhythmus, die Melodie im Innern dieses Körpers klopfen, stoßen, nach außen drängen, um sich zu entladen. Doch jeder Mund blieb stumm, ein gewaltiges Raubtier war diese Menge, dem man die Zunge herausgeschnitten hat.

Fürchteten sie, die Aufmerksamkeit auf sich zu lenken, eine Razzia, Durchsuchung ihrer Verstecke, Verhaftung, Abschiebung, wenn auch nur ein Laut verriete, dass ein Fest im Gang war, ein verbotenes Fest, verboten wie jede öffentliche Versammlung in diesem Stadtteil?

Die Luft war geladen vom Kampf zwischen dem eingesperrten Gesang, der in ihnen kochte, und dem Schaukeln ihrer Körper. Sich windend in orgiastischen Zuckungen, bewegte die Menge sich wie ein brodelnder Strom von heißer Lava über den Platz.

Plötzlich merkte ich, dass das Mädchen nicht mehr neben mir stand. Nach ihr suchend, entdeckte ich, dass sich ein wenig abseits, tiefer unter den Bäumen, ein kleiner Ring von Zuschauern gebildet hatte. Da tanzte sie allein unter den herabhängenden Zweigen.

Obgleich sie vollständig bekleidet war, sogar um das Haar ein großes Tuch geschlungen hatte, lag etwas Obszönes in diesem Tanz. Vielleicht rief das Tuch diesen Eindruck hervor, es war wie ein Hinweis, ein Signal, das zu ihrer Rolle gehörte. Sie tanzte sehr ausgelassen. Gleichzeitig war sie vollkommen versammelt, bei sich selbst, entrückt. Sich langsam drehend und wendend, mit zuckenden Handgelenken und verrenktem Nacken, war es zunächst eher ein Kauern an der Erde. Dann erst begann sie sich nach oben zu winden, allmählich den Körper dehnend und streckend, drehte sie sich mit hoch über dem Kopf verschlungenen Armen wie eine Spirale, höher, höher. Die Schenkel begannen zu zittern, schneller kreiste der Bauchnabel unsichtbar unter dem Rock, dieser Nabel, der alle Blicke auf sich zog wie der hypnotische Mittelpunkt dieses Tanzes, sich wellend und windend, und ihre Füße beschrieben die ganze Zeit einen kleinen Zirkel im Lehm. Plötzlich trug sie ihre Sandalen mit den langen Riemenbändern in den Händen, schwenkte sie über den Kopf und klapperte leise, die

Fäuste hineingesteckt, indem sie die Sohlen gegeneinander schlug.

Dann geschah etwas Unerhörtes. Aus dem kleinen Kreis der Bewegungen war es ihr Fuß, der immer wieder aus dem abgesteckten Gehege hervorbrach, ins Leere vorstieß. Ein nackter, winziger Fuß, ein Füßchen, mit geraden Zehen, sehr weißer Haut, über dem bräunlichen Erdboden schimmernd die Nägel.

Wieder machte sie eine Drehung ..., als wäre sie längst herausgefallen aus dem Geschehen dieses Festes. Kaum konnte man sie in der Dunkelheit unter dem Laub noch erkennen, immer nur dieser weiße Fuß, glitt sie heraus aus den Zuschauern, dem Platz, dem Abend, ins Vergessen sich stürzend wie in früheren Zeiten eine Tempeltänzerin, die erst der Morgen, die kühlere Luft aus der Ebene, aus ihrer Besinnungslosigkeit am Boden weckt. Die Zuschauer standen schweigsam in der Dunkelheit. Nachtluft stieg vom Boden auf unter das Laub, das sich im Windzug regte.

Ich sah sie die ganze Zeit an, etwas lief hin und her zwischen meinem Blick, der, auf ihre Glieder geheftet, von ihr Besitz ergreifen wollte, und ihrem Körper, während er sich wandt im kleinsten Kreis mit verhaltenem Zittern. Unmöglich, die Einsamkeit aufzubrechen. Unmöglichkeit, dieses Zeichen schrieb ihr Fuß in die Luft. Ich nahm die Einsamkeit an ihr wahr, als wäre sie das wirkliche Mittel ihrer Verführung.

Es gab keine andere Zeit als die Gegenwart, sie drehte sich wieder, keuchender Atem, Zeit zwischen Anfang und Absturz, die ganze Zeit nichts als die eigene Zeit.

Plötzlich brach das Fest ab. Hastig war das Feuer ausgetreten, die noch glimmenden Stücke leuchteten über den Platz verstreut, absichtslos wie die Lichter der Toten auf den

Novemberfriedhöfen. Näher und ferner hörte man die Sirene eines Polizeiwagens, sich durchschlagend durch das Gewinde der engen, steil ansteigenden Straßen. Und dann war sie ganz nah vor dem Platz, auf dem sich nichts mehr rührte.

Ein einziges Mal machte ich doch den Versuch, mit ihr auf eine Gesellschaft zu gehen.

Das Haus war nicht übel. Eine Prunkvilla mit Türmen und Giebeln. Im Vorgarten mächtige Büsche, Rhododendron, Jasmin. Seit Jahren hatte kein Gärtner mehr Hand an sie gelegt, unbeschnitten verausgabten sie ihre ganze Kraft in die Spitzen der Zweige und waren zur Wurzel hin kahl. Schatten und feuchte Erde, rostiger Eisenzaun, man stieg eine Treppe hoch, und die Tür öffnete sich. Vestibül zwischen Spiegeln und Fenstern, ein Mädchen mit weißer Schürze.

Später, als ich herumging, sah ich das. Tiefe, dunkel getäfelte Räume, Fenster zum Garten. Verschachtelte Zimmer, dunkle Möbel mit verschlissenen Bezügen, ein verstaubter Kamin. Fenster zum Garten, davor ein verglaster Wintergarten mit Sesseln aus Rohr, von denen der weiße Lack absprang. Fenster zum Garten und dahinter den Hügel herunter der Garten.

Jemand spielte einen Glenn-Miller-Song.

Man hatte in der Halle einen Flügel aufgestellt, dort saß ein einsamer Mann, niemand hörte ihm zu, die Gäste drängten sich drinnen. Weite und leere Halle, ein einzelner Lichtstrahl quer übers Parkett, wohin führte die Treppe? *Pennsylvania Six-Five Thousand*, das kratzte ins lauter anschwellende Stimmengemurmel, ins Gläserklirren und Gelächter.

Sie griff nach meiner Hand und zog mich mit sich. Aus

welchem Grund nur hatte ich mich überreden lassen, hierher zu kommen? Plötzlich fühlte ich mich verdreckt und linkisch, eine lächerliche Figur, die anfing, sich zu betrinken.

Was war es? Ein Spiel? Der gelungene Nachbau einer verflossenen Epoche, ihr lebendes Bild, für eine Nacht nachgestellt? Doch ich war gewarnt. Es war kein Spiel, die Teilnehmer erwarteten, dass alles ganz ernst genommen wurde. Sie erwarteten …, als sei diese nur noch in geisterhaften Allüren erscheinende Gesellschaft noch ausgestattet mit wirklicher Macht und Legitimität. Alle bewegten sich, eingefangen in einem einzigen Traum, wie Schemen, an denen Mottenkugeln klebten. Denn der Traum, der steckte ja längst in der Mottenkiste.

Zuerst konnte ich keine einzelnen Gestalten erkennen. Ich schob mich durch das Gedränge und stellte mich in eine Nische. Alle Zimmer waren voll Menschen, die herumstanden, redeten, an ihrem Champagner nippten und heiße Horsd'œuvres verzehrten. Diese kalte Lebhaftigkeit, die auf den Neuankömmling immer den Eindruck von Lebendigkeit macht und deren Automatismus ihn dann in die Flucht schlägt. Anhäufung von Geschwätz, alle warteten auf die Ankunft eines Vortragsredners, der die Gäste, bevor man sich an die Tafel setzte, über die Ziele einer neu gegründeten, anthroposophischen Krankenanstalt unterrichten sollte.

Plötzlich erschrak ich und wachte auf.

Ich musste fort.

Der Flügel stand verwaist in der leeren Halle. Kirchenstille, Stille von Lehmboden unter dunklen Steinbögen. Wo war der Klavierspieler nur hingeraten? Schuld war der Burgunderrausch. Ich ging mit unsicherem Schritt schräg übers Parkett, strebte dem Ausgang zu.

Da löste sich von der Wand lautlos ein Wache stehender Diener und forderte mich auf, ihm zu folgen. Er führte mich durch die Halle, durchs Vestibül mit den Spiegeln, einen schmalen, dunklen Seitengang entlang. Zuletzt blieb er vor einer Tür stehen und deutete darauf.

Ein Neben-, ein früherer Dienstboteneingang? Schließlich öffnete ich die Tür und stand in einem prächtigen Waschraum. Ein Spiegeltisch stand da mit Bürsten und Flaschen, funkelnde Kräne. Ich schloss die Tür und ließ mich verdutzt auf dem Klodeckel nieder.

Später würde ich doch die Tür öffnen und aus dem Haus gehen. Kein Diener könnte mich hindern, ja, ich würde durch dieselbe Tür gehen, durch die ich gekommen war.

Plötzlich fiel mein Blick auf ein Bild an der Wand, das mir bekannt vorkam.

Die farbige Ansicht einer Landschaft in Frankreich, vornehmlich blau und grün, dargestellt als Landkarte und geologischer Schnitt zugleich.

Die Landkarte zeigt einen Ausschnitt aus dem parallelen Verlauf zweier Flüsse, ihre Namen: Loire und Indre. Den oberen und unteren Bildrand begrenzten ihre äußeren Ufer. In der Mitte umschließen die Flüsse wie eine Insel den Streifen Land, der sie trennt. Die Richtung der Strömungen, angezeigt durch schwarze Pfeile, verläuft entgegengesetzt. Tatsächlich aber fließen sie in die gleiche Richtung. Die Pfeile beschwören die Vorstellung, als schlössen die Flüsse sich außerhalb des Bildes zum Kreis. Verwandeln die Landzunge in eine Insel.

Im geologischen Schnitt wird in der Mitte des Bildes, auf ebender Landzunge, unter der Oberfläche von Rasen, Erde und Beeten, in einer nur teilweise aufgedeckten tieferen Erdschicht, der Torso eines liegenden weiblichen Akts sichtbar, hineingeschoben wie ein Flöz, ohne Kopf, ohne Arme, auch die linke Brust liegt verschüttet unter dem grünen Erdreich. Hingelagert wie auf ein Sofa in den Salonbildern des letzten Jahrhunderts, Wasser und Landstriche nach den Kurven des Körpers gebogen, erscheint dies nackte Körperbild, das lediglich auf die Signalstellen des weiblichen Körpers die Ansicht freigibt, auf Brust, Schenkel, Schoß, Bauch, in der Tiefe der verwandelten Landschaft schlafend wie in einem frisch ausgehobenen Grab.

Ich starrte das Bild an und erinnerte mich. Auch früher schon hatte es ein Gefühl der Beunruhigung in mir ausgelöst. Diese mehr oder weniger deutlichen Hinweise auf Paradies, Sündenfall und Verführung. Ich hatte mich lächerlich gemacht, als ich es zum ersten Mal sah, irgendwo in einer Ausstellung. War voll Neugier darauf zugestürzt – ja, jetzt fiel es mir ein, das Bild hieß der *Garten von Frankreich*, deutlicher konnte die Anspielung nicht sein. Um den rechten Schenkel der Nackten schlingt sich der schwarze Leib der Schlange.

Ich vermutete immer, dass sich unter der oberflächlichen Glätte des Themas ein geheimer Kampf abspielt. Dass es mich unruhig machte, weil sich hier ein verborgener Zusammenhang aufspüren ließ zwischen gewissen sexuellen Gesten und einer anderen Erfahrung von Zeit.

Da sind die aufgerissenen Erdlöcher. Sie legen den Raum frei für die entblößten Körperstücke der Frau. Plötzlich zur Seite gerissen wie der Vorhang vor einer Theatergarderobe, wird überfallartig das enthüllt, was versteckt und vielleicht auch verboten war. Fordert das nicht beim Betrachter die Lust eines passiven Eindringens ins Heimliche heraus, in eine fremd atmende Intimität? Macht sich nicht zum Voyeur, wer so ungestraft … aus dem Hintergrund?

Ungestraft, ob das möglich ist? Dieser passive Teil der Betrachtung ..., ist er nicht notgedrungen verbunden mit einem anderen, einem ... reißt doch der Blick dem Körper buchstäblich die Decke weg ... gewaltsamen Teil?

Die Öffnungen im Boden sind wie plötzliche Einschläge in die zuvor geschlossene Fläche der Erde, nichts Geringeres zu Tage fördernd als die Zerstückelung dieses sirenenhaften Leibes. Aus der Isolation dieser Fleischstücke, sprang nicht ... gerade aus der Kopflosigkeit erst das Weibchenhafte heraus, dass es sich nirgends lüsterner hätte räkeln können als hier in der Erde?

Wie ich dann später aus dem Waschraum und aus dem fremden Haus gelangt war, ist ungewiss. Doch ich entkam ins Freie, ohne einem Menschen zu begegnen.

Einige Tage später hatte ich eine Arbeit bei einem Möbelhändler angenommen, und eine Zeit lang hatte ich das Mädchen nicht gesehen.

Eines Morgens, an einem freien Tag auf dem Weg zu dem violetten Haus am anderen Ufer, kam ich vorüber an einem Platz mit einer weiten Fläche aus grauem Betonboden. Dort stand in langen Reihen hintereinander eine große Anzahl Traktoren, alle von gleichem Aussehen, das Fahrgestell aus rotem Metall und riesigen schwarzen Gummirädern mit tief gezacktem Profil. Die leere Traurigkeit beim Anblick dieser stummen Reihen, und gleichzeitig jene innere Maschine, die diese Traurigkeit aufzeichnete wie eine Fieberkurve am Krankenbett.

Jemand stürzte mit aufgelöstem Haar und blutverschmiertem Mund aus der Tür des violetten Hauses, im Nebel die Straße hinunter verschwindend zum Hafen.

Ich drang ein in das violette Haus. Die Fenster standen weit offen in dem ebenerdigen Raum der Wirtschaft, dass die Wimpel und Vereinsabzeichen, die die Wände schmückten, im Wind flatterten und sich drehten. Vom Fluss her drangen Nebelschwaden zum Haus.

Wie ein Detektiv spähte ich durch den Raum. Lauschend auf ein sich regendes Geräusch, lauernd auf einen Hinweis.

Da, hinter der Theke, auf dem verdreckten Belag der Fliesen am Boden der kleine Fleck von Blut. Aus einem undichten Hahn tropfte ein Rinnsal von Bier von der Theke zu Boden. Aus einem übergelaufenen Becken, in dem noch die schmutzigen Gläser schwammen in fettiger Brühe, rann schmutziges Spülwasser herunter.

Jetzt sah ich auch die anderen Zeichen, die auf eine kürzlich hier stattgefundene Auseinandersetzung wiesen, die umgeworfenen Stühle, die heruntergerissenen Tischtücher aus braunem, gewürfeltem Stoff, die zerbrochenen, bis in die Ecken gerollten Bierflaschen, die rostigen Verschlusskappen und dann die Scherben, die in Haufen den Boden bedeckten, die Tische, verstreut über der Theke lagen.

Vorsichtig durchquerte ich den Raum, öffnete die dunkle Tür und stand im Hausflur. Den Gang, der zum Hinterhof führte – hinter der Milchglasscheibe die Mülltonnen, Geruch von Asche, Kohlen, Schnaps –, zur Seite liegen lassend, stieg ich die Treppe hoch zum ersten Stockwerk.

Was war die Verbindung zu diesem Haus, in dem ich das Mädchen vor einigen Wochen in den Armen eines Fremden gesehen hatte? Wurde es nicht Zeit, dass ich mir klar über sie wurde? Klarheit gewinnen ..., doch konnte sie überhaupt eine Gestalt gewinnen außerhalb meiner Wünsche und Vorstellungen? Seit dem gestrigen Tag schon wollte ich sie sehen und ärgerte mich, dass ich keine Verabredung mit ihr getroffen hatte.

Oben fand ich eine Flucht leerer Zimmer, eins sich ins andere öffnend, in allen standen große Betten vor altmodischen Spiegelschränken, zerknüllt lagen die Laken über der Matratze. Verlassene Zimmer mit weit aufgestoßenen Fenstern, durch die die Kälte so weit schon eingedrungen war, dass das Haus unbewohnt schien. Hinter einer offen stehenden Tür entdeckte ich, schräg gegen die Wand gelehnt, ein fast mannshohes Bild von ihr. Nur mit einem Hemd angetan, schräg über die Bildfläche sitzend mit weit nach oben hochgeschlagenen ausgebreiteten Armen, nackt waren die glatten Achselhöhlen dem Blick preisgegeben. Rot leuchteten die kurzen Stiefel und darüber die langen üppigen gekreuzten Schenkel, schräg von unten dazwischen aufblitzend ein weißes Dreieck, der helle Zwickel des Wäschestoffs.

Als der Saft gegen das Glas spritzte, erblickte ich den dunklen Schatten meines Körpers über dem Bild des Mädchens.

Kurze Zeit darauf verließ ich das Haus, ohne auch nur eine Spur entdeckt zu haben von der Anwesenheit des Mädchens an diesem Ort. Oder einen Hinweis, weshalb das Haus fluchtartig verlassen schien. Im Vorübergehen sah ich, schwimmend in einer Kloschüssel, abgeschnittene Haarbüschel, doch in der schmutzigen Brühe war die Farbe der Haare verblichen, so lange mussten sie schon dort gelegen haben.

Einige Tage später hatte ich immer noch nichts von ihr gehört. Zuletzt rief ich in dem Haus an, in dem sie wohnte. Es hieß, sie sei ausgegangen. Ich hinterließ bei dem Hausmädchen eine Nachricht, in der ich ihr vorschlug, mich am Nachmittag in der spanischen Bar zu treffen. Wartete fast zwei Stunden dort, doch sie ließ sich nicht blicken. Schließlich verließ ich die Bar, und plötzlich kam sie mir quer über die Straße entgegen.

Abwesend starrten die Augen im bleichen Gesicht. Sie ergriff meine Hand und zog mich zum Fluss. Eine Weile gingen wir schweigend oben auf dem Damm, der Wind zerrte an unseren Mänteln, dann mit der Dämmerung stand die Luft plötzlich still, in der Senke lagen die Schrebergärten verwildert, und eine Grille begann zu singen, obwohl doch Herbst war.

Wir gingen zurück zur Stadt, und auf einmal begann sie zu reden, lehnte sich über die Steinbrüstung, unter uns trieben die Lichter wieder im Fluss, triumphierend, atemlos, keuchend, eine unzusammenhängende Rhapsodie. Wie ein befreundetes Mädchen am Morgen mit dem Geliebten an den Rand der Stadt aufgebrochen sei, wie sie sich dann auf die Schienen gelegt hätten, so, dass der vorüberrasende Schnellzug mit einem Schlag …, mit einem Schlag … ihre Köpfe vom Rumpf getrennt habe.

Sie nahm meine Hand und führte sie zwischen ihre Schenkel, sprach dabei hastig und eindringlich weiter, ob vielleicht ein Gefühl von Glück in den beiden habe ansteigen können beim anschwellenden Geräusch, beim herannahenden Donner im Schienenkörper, während sie, entronnen jeder Art von Beschränkung der Liebe, das Ohr an die Schienen gepresst, auf den Zug warteten.

Hier verlor sie den Faden, verlor sich im dunklen Gewirr ihrer Gedanken. Sie redete und redete, als wollte sie mir etwas Bestimmtes mitteilen, aber ich verstand nicht, was es war. Ich sah ihr Gesicht, das als dunkle Fläche unter uns auf dem Wasserspiegel schwamm, das sich verwirrte in dem Strom von Worten, nein, ich verstand schon lange nicht mehr, was sie wollte, und wurde müde.

– Wir werden ans Meer fahren, schon morgen.

Im Augenblick, als sie mir den Vorschlag machte, wusste ich, dass ich nicht aufbrechen wollte. Ich wollte keine Unterbrechung. Ich wollte nicht, dass *Bewegung* käme in den stummen und gleichmäßigen Ablauf unserer Beschäftigung, in den Kreislauf unserer Schritte.

– Wie lange?

– Ich weiß nicht, einen Tag vielleicht, vielleicht auch länger.

Wir näherten uns der Brücke, die zurück in die Innenstadt, auf das hell erleuchtete andere Ufer des Flusses führte.

– Wir wollen uns früh am Bahnhof treffen. Zur Stunde, wenn noch niemand in der Stadt auf ist, wenn wir allein auf dem Bahnsteig sind, bevor die ersten, mit Arbeitern überfüllten Vorortzüge eintreffen.

Ich empfand ihren Vorschlag wie einen Verrat. Wie den Bruch eines Vertrags. Eine fremde Person ging neben mir, fremd, weil sie anfing, Pläne zu machen. Unsere Verbindung sah keinen Aufbruch vor, nur das Abschreiten einer Strecke in der Stadt. Hatte ich nicht versucht, der *Erwartung* zu misstrauen und mich allein der *Gewohnheit* unseres Herumstreifens zu überlassen, den Dingen nichts Unmögliches abzuverlangen?

Und nun die Dringlichkeit ihres Wunsches, ihrer Stimme:

– Ich möchte das Meer sehen.

Ihre Bitte war wie ein leises Gelächter. Als sagte sie mir ins Gesicht: Dein Gang durch die Stadt – er gleicht der Sehnsucht eines Erblindenden nach Erhaltung seiner Sehkraft. Deine Gleichgültigkeit: nichts als Maskerade.

Plötzlich kam es mir so vor, als arbeitete ich mit dem Mädchen zusammen an einem Bild oder als entstünde durch die Linien unserer Bewegungen ..., Annäherungen und Abstoßungen ..., eine Art Bild oder Muster. Ein Bild, das vielleicht nie abgeschlossen sein würde, denn, am Endstück fortwachsend, schien es sich am Ausgangsstück ununterbrochen wieder auszulöschen. Doch vielleicht saugte dies Bild sein eigenes Scheitern in sich auf und strahlte es zurück, vielleicht konnte seine Nahrung nichts anderes sein als die Verfolgung dessen, was immer wieder verschwand.

Wieder sagte sie: Ich möchte das Meer sehen.

Ich stimmte zu. Wir betraten die Brücke.

Zwischenstation

Ein Ziel hatten wir nicht festgesetzt. Wir fuhren in Richtung Westen, ans Meer.

Ein Wintertag. Windstille und Frost. Durch das Zugfenster erblickte ich flache, unter einer Decke von Reif in die Ferne sich dehnende Felder, ab und zu abgegrenzt von einer Allee kahler Pappeln am Horizont. Das Mädchen schlief die meiste Zeit, den Kopf an meine Schulter gelehnt, mit leicht geöffnetem Mund. Als wir in den Bahnhof von Brügge einfuhren, zerrte ich, einer plötzlichen Eingebung folgend, unsere Reisetaschen vom Gepäcknetz, weckte das Mädchen und stieg mit ihm aus dem Zug.

Wir liefen im frühen Einbruch der Dunkelheit durch die Straßen und den Frost. Das Frieren – als sei es hier, so nah an der Küste, das einzig wirkliche Element der Straßen. Die kalten Füße, der sich gegen Abend erhebende Wind um den Kopf, die blau anlaufenden Hände. Das Frieren zerrte an uns, als sollten wir ihm ausgeliefert sein für immer.

Wir suchten eine Unterkunft für die Nacht. Doch in der Innenstadt waren alle Hotels bereits belegt. Auf dem Weg sahen wir einen Penner am Brunnen auf dem Marktplatz, plötzlich war ihm das Blut aus den Ohren gestürzt, alle glotzten von fern, als er auf dem Pflaster zusammenbrach.

Schließlich folgten wir, Stadtmauer und Kanalgraben hinter uns lassend, einer Ausfahrtsstraße, die ins offene Land führte. Eine nicht abreißende Kette von Lastwagen donnerte über die mit Schlaglöchern durchsetzte Strecke. Wir gingen, den Lärm der Motoren im Ohr, das aufblendende und vorübergleitende Licht der Scheinwerfer in den Augen, am

Straßenrand. Ab und zu säumte eine Tankstelle in grellem Neonlicht die Straße, herausgeschnitten aus der in völliger Dunkelheit liegenden Landschaft zu beiden Seiten der Fahrbahn. Im Wind schwankten die Reklameschilder. In weitem Abstand voneinander lagen vereinzelte verschlossene Gebäude, eine Werkstatt, eine Brauerei, ein Lagerschuppen.

Plötzlich fanden wir ein Hotel, an einer halbkreisförmig sich zu einem Platz erweiternden Ausbuchtung der Straße. Wir stolperten in die Hotelhalle, nahmen, ohne nach dem Preis zu fragen, ein Zimmer. Das Mädchen schwankte, sein Gesicht war weiß vor Erschöpfung. Der Portier war die einzige Person, die wir zu Gesicht bekamen, niemand sonst befand sich in der Hotelhalle. Auch auf der Treppe, dem Gang, der zu den Zimmern führte, begegneten wir keinem anderen Gast.

Im Zimmer angekommen, wollte das Mädchen ein heißes Bad nehmen. Doch es war spät, es war nicht mehr möglich, zu baden, nur ein lauwarmer Strahl kam aus dem Kran. Sie kehrte zurück ins Zimmer, bereits halb ausgezogen. Wir saßen auf den Betten, rieben die Füße, die Hände, rieben und zwickten und drückten und klatschten. Ich machte den Versuch, mit ihr zu sprechen, doch sie schwieg, Müdigkeit im Gesicht. So hockten wir stumm vor dem Fenster und starrten hinaus, ohne uns anzusehen.

Was taten wir hier? Wir waren aufgebrochen, entschlossen, alles dem Zufall zu überlassen, mit dem die Biegung einer Straße, eine Stimme, ein Lied an einer Ecke, das Geräusch nächtlicher Schritte auf dem Pflaster, das Rascheln der Bäume im Wind uns den Weg weisen würde. Andererseits waren wir abhängig vom Geld. Von nun ab würden wir nur in billigen Hotels absteigen. Schon versuchte ich, mich als

Reisender zu fühlen, dem das Reisen mehr bedeutete als der Wechsel von einem Ort zum anderen, als Fortbewegung. Das Reisen, das Gehen – Zustände des Flüchtigen, Veränderlichen. Doch was konnte wirklich Veränderung bewirken? Die wechselnden Dinge, die Reisen, das Mädchen? Musste es nicht allein heißen – den Schrecken ausbrennen?

Ich ging allein hinunter in die Hotelhalle, ließ ihr Zeit, sich umzuziehen. In der Halle: niemand zu sehen. Ich durchquerte sie, gelangte in einen angrenzenden Raum, der im Halbdunkel lag, ein verglaster Wintergarten mit ein paar Pflanzen, auf deren Blättern dichter Staub lag. Durch die Glaswände hörte ich den Sturm, er fuhr durch die Äste der Bäume im angrenzenden Park.

Ich hörte sie kommen, kehrte um, wir gingen in den Speisesaal. Weiße Tischtücher bis zum Boden, ein weiter, hell erleuchteter Raum voll weiß gedeckter Tische und kein einziger Mensch. Hinter großen Fenstern die Dunkelheit und der Park. Rote, zur Seite geraffte Portieren, verstaubte Pracht, fehlte nur noch der Stehgeiger. Eine lange Tafel zog sich durch die Mitte des Saals, auf Spiegeluntersätzen in hochfüßigen Schalen Früchte, Pfirsiche, Trauben, frische Feigen.

Während des ganzen Essens flüsterten wir unwillkürlich. Wir waren die einzigen Gäste, und es gab nur einen einzigen Kellner, der uns bediente. (Er war auch am Eingang vorhin als Portier.) Ein grauer Gnom, machte den Eindruck eines Verwachsenen, war aber nur klein geraten, katzbuckelnd demütig. Fuhr silberne Schüsseln auf mit schweren Deckeln, legte vor, entkorkte die Flasche. Jedes Mal, wenn er den Saal verließ, fühlten wir uns erleichtert, redeten leichtsinniger, der Beobachtung entronnen.

Geistermahl. Im Gegensatz zu der Erwartung, die der Aufbau der Früchte in der Mitte des Saals geweckt hatte, war die Küche schlecht, zähes, ausgetrocknetes Geflügel. Ich sah, jenseits des weißen Tischtuchs, ihr Lächeln an diesem Abend, ein Lächeln vor dem Hintergrund der Dunkelheit auf den Straßen. Wir wärmten uns auf, draußen knallte Hagel gegen die Fenster. Es war Brügge, durch das wir gegangen waren, aber es war auch eine winterliche Mischung vieler westlicher Städte am Meer, mittelalterlich, monströs, im Rauch die blutigen Altäre der Heiligen. Zugleich: kreidegrauer Giebelriss im Nebel, Schweigen, pastellweiße Fenster. Das Meer rauschte durch die Stadt, ja, das Rauschen war in allen Straßen gewesen.

Ein Stillleben, die Tafel bog sich unter Essbarem, woher hatten sie nur die frischen Feigen um diese Jahreszeit? Alles war Dekoration, in den Fenstern gespiegelt. Ihr Körper dazwischen, ein bekleideter Akt auf dem Waldboden, der in dieser Sekunde die Feuchtigkeit der Mangofrüchte, der Feigen, der Datteln hatte, die irisierende Feuchtigkeit der Morgenluft über einer Lichtung, *déjeuner intime,* Feuchtigkeit des Meeres, grün grün blau, glatt, fleischig, mit praller Haut, ein Früchtestand in Hochbetrieb.

Plötzlich öffnete sich die Tür, es musste schon nach Mitternacht sein, und eine Horde von späten Gästen brach herein, lachte, grölte, klatschte in die Hände, schrie nach Lachs und Champagner, rückte Tische zusammen. Dieser aufgeräumte Ton von Geschäftsleuten bei Tagungen am Wochenende. Kaulquappenheer mit Aktenköfferchen, eleganten Ledergürteln, silbernen Kugelschreibern. Dieses Schauspiel von Aktivität. Der zackige Schritt der Begleiterinnen, aufgelackt bis unter die Haarwurzeln, verpackt in seidenen Blusen, lächeln, lächeln, allzeit strahlende Empfangsdamen.

Zwischen ihnen und den Kaulquappen lag immer die Brieftasche.

Es wurde spät. Weinseliges Spießertum, gackernde Intimität, Hand klatscht auf Hintern, ein klarer Abschluss. Diese Säcke, diese Läuse, Spesenparasiten, diese Maden, die sich durch die Speisekammern Europas fressen. Plötzlich werde ich aufstehen ..., und nie wird einer erfahren, warum ich den Mann da in Stücke zerhackte. *Un act gratuit*, noch einen Calvados, eine Zwiebel zum Reinbeißen. Vielleicht aber warf ich ihn in einen Zwinger zwischen die Löwen. Garçon, wo bleibt die Kammermusik für die Totenmesse?

Später war sie allein nach oben in unser Zimmer gegangen. Ich blieb noch in der Hotelhalle sitzen. Der Sturm hatte sich gelegt, der Park lag ruhig. Vor meinen Augen ... das hohe Rechteck eines Fensters, dessen Flügel geschlossen waren. Im Rahmen erschien nur die Schwärze der Nacht, füllte ihn aus. Und allein die weiße Kugel einer Lampe klebte in der schwarzen Fläche, leuchtend über der unsichtbaren Straße vor dem Fenster.

Ein schwarzes Feld, eine weiße Kugel – ich saß reglos in der Halle und spürte die Erinnerung ansteigen, unruhig wie das Meer, das draußen vor den Mauern der Stadt gegen die steinige Küste schlug. Der Anblick der Lampe im Fenster hatte mir plötzlich jene Kugel aus Milchglas ins Gedächtnis gerufen, die im Eingang des Hauses, in dem wir damals wohnten, ein Haus am Kanal in der Arsenalstraat, mitten in Brügge, angebracht war.

Drei, vier, fünf Jahre, wie lange waren wir dort eingeschlossen? Der Regent in deutscher Gefangenschaft, die Regierung nach England geflüchtet, mein Vater, den meine

Mutter verlassen hatte, irgendwo an der Front, unterm Dach ein deutscher Offizier einquartiert. Die Stadt wimmelnd von Besatzungssoldaten. Wir führten ein lautloses Leben, meine Mutter und ich, hier im Haus ihrer Großeltern – warum waren wir nur hierher geflüchtet –, kein lauter Schritt, kein Rufen, keine Spiele im Garten, leise und blind wie Maulwürfe, die sich tiefer ins Dunkle eingraben.

Viele Tage verbrachten wir eingeschlossen im Innern des weiträumigen Hauses. Die Wände atmeten unter dem Geruch des nahen Meeres. In manchen Nächten schlief ich neben meiner Mutter, wenn sie vor Angst fror, mich aus dem Schlaf zerrte und ohne Unterbrechung redete, bis endlich vom Meer das Morgengrauen kam. Denn in der Nacht stand das weiße Haus so still hinter dem dunkleren Park, dass sie sich fürchtete. Wir lagen in ihrem Zimmer und hörten, wie sich spät die Tür ins dunkle Innere des Hauses öffnete. Stiefel gingen über den Teppich auf der Treppe, die Schritte des fremden Offiziers über unseren Köpfen die ganze Nacht, ein eingesperrtes Tier.

In anderen Nächten, wenn sie für kurze Zeit eingeschlafen war, sah ich sie aufwachen mit fröstelnder Haut. Die Fenster öffnend, hockte sie sich in die Kälte, dicht an das eiserne Balkongitter, das zur Straßenseite ging, die Stirn ans Geländer gepresst, spähte sie durch die Bäume vor dem Haus zur Straße. Von draußen drang das Sirren der Lampe im Eingang zu mir ins Zimmer. Am Morgen danach, wenn das winterliche Licht durch den Spalt der Fensterläden ins Zimmer fiel, wachte sie auf, nachforschend nach dem Grund jenes metallischen und bitteren Geschmacks im Mund, von dem sie vergessen hatte, woher er stammte, vergessen, dass sie das Bett verlassen und, die Lippen am Balkongitter, durch die Stäbe gestarrt hatte. Sie erinnerte sich nur, geträumt zu haben …, ein dunkler See war die Stadt, in den blinkend eine Münze fiel. Plötzlich begann der See zu sieden, zu zischen, zu kochen, in großen Wellen über die Ränder schlagend, sich unaufhörlich weiter ausbreitend ins Dunkel der Ebene.

Eine Winterstadt, die abgestorbenste und schweigsamste, als hätte der lange Frost alles pulsende Blut eingefroren und als wiederholten in schwarzen Kleidern und Tüchern die stummen Prozessionen der Frauengestalten in den Straßen nur die Rituale einer blinden Erinnerung. Doch es trieb, versteckt in dem täglichen öffentlichen Schauspiel der Gänge zum Markt, zur Kirche, zum Hafen, kaum spürbar in den alltäglichen Gesten der Bewohner, im Innern der Starrheit ein Fieber. Nichts beunruhigte mich mehr als dieses geheime Leben unter der eisigen Oberfläche, unter der Frömmigkeit, unter der Stummheit der Stadt. Durch die mittelalterlichen Straßen schwang noch die Stimmung von Pest, Rache, Leidenschaft. In einer Stadtlegende entzifferte ich, vergraben in einen Sessel in einem der hinteren, zum Garten gelegenen, kaum benutzten Zimmer, das Wort *Ausschweifung*. Das rief in meine kindliche Vorstellung das Bild eines langen weißen Pferdeschweifs im fantastischen Dickicht der Wälder, von ausgedehnten Streifzügen der Angehörigen jenes Ritterordens, den der seltsame Philippe de Mézières den Orden *de la passion* genannt hat, und das Schleppen eines im Turm verschwindenden Kleidersaums. Längst vergessene Streifzüge der Ausschweifung, sie waren in den Mauern festgehalten, Augenblicke der Offenbarung, in denen festlich und schaurig das Überflüssige und Hinzugefügte aus dem täglichen Gang der Dinge hervorbrach.

Einmal, es war wärmer geworden, das Eis war verschwunden, und auf den Kanälen schwamm, sich an den Mauern als Streifen absetzend, grün der Schimmel, verirrte ich mich und stand plötzlich auf einem fremden Platz. Eine Kirche rückte auf mich zu aus der Mitte, die Steine des Mittelschiffs in den helleren Himmel des Frühlings getürmt, geheimnisvoll leuchteten bunt die Fenster. In den Straßen ging stumm ein Begräbniszug vorüber. Da schien jeder Pflasterstein mir ein Auge des Todes.

Als berühmtesten Schatz barg die Stadt im kahlen Krankensaal des St. Jansspitals einen Altarflügel, auf dem die Enthauptung des Täufers dargestellt war. Oft brachte mich meine Mutter dorthin. Einzig enthielt es, wie aufgesaugt bis ins Innere des Bildes, die Stimmung des Wechsels, aufgefangen im heftigen Umbruch der Farben, heiß und kalt …, so bunt und leidenschaftlich die Farben in den Kleidern der Vasallen, ausgegossen über dem stumpfen Gewand des Toten …, festgehalten in der Mischung von Begierde und Furcht und Spott, mit der jene Frauengestalt auf dem Silberteller den Kopf des Toten in Empfang nimmt.

Wie ruhelos waren hier diese veralteten Träume, sie drangen über die Mauern, durch die Wände, überschwemmten die dumpf unter der fremden Besatzung sich duckende Stadt bis in jeden Winkel. Vermischten sich mit dem täglich stärker werdenden Druck des Todes, mit dem Druck der Meldungen, Erschießungen, Verordnungen, Desertierungen, mit Flugblättern aus dem Untergrund, die am Morgen auf dem Platz vor dem Belfried verstreut lagen, mit dem nächtlichen Motorenlärm der Flugzeuge am Himmel.

Jetzt, in der Erinnerung, erschien keine andere Stadt mir gezeichnet von tieferem Schwarz. Der Himmel, weit und düster, darunter der Flug der Vögel. Schwarz standen im Fluss die Lastkähne. Kahl die Äste der Pappeln. Türme, drohend, und tief die Kanäle. Novemberrauch über den Brücken aus Backstein. Verlassen die Felder, wenn ich vor den Toren der Stadtmauer im späten November einen Papierdrachen in die Luft steigen ließ.

Jeder Gang durch die Stadt an der Hand meiner Mutter schien mir jetzt – an diesem Abend in der Hotelhalle – wie ein blitzhafter Moment in der langen Reihe einförmiger Nachmittage im Nebel.

Einmal sah ich, verschwommen hinter einem beschlagenen Schaufenster, eine Reihe von weit offenen Mündern. Da waren zum Verkauf ausgelegt Berge von toten Fischleibern auf zerstoßenem Eis. Manche zuckten noch mit verdrehten Augen, und jedes Mal ging ein Stoß durch den Berg.

Ein anderes Mal gingen wir die ausgestorbene Straße entlang, die zum Marktplatz führte, dort, wo in den Treppengiebeln von Backstein die winzigen Fenster verhängt waren mit dichten weißen Gardinen. Zu beiden Seiten der Straße führten enge Gassen, steinerne Arme des Meeres, zur Grenze der Stadt. Hinter einem Schaufenster liefen plötzlich die Handgriffe der Fischhändlerinnen ab, ihre roten, aufgeweichten, nassen Hände ergriffen die glitschigen Fischleiber, versetzten mit einer Holzkeule den betäubenden Schlag hinter die Kiemen, schlitzten den Bauch auf, rissen die Innereien heraus. Merkwürdig reichten die stummen Bewegungen dieses Schlachtens auf die leere Straße.

Lange Zeit lebten wir im Zustand völliger Abgeschlossenheit. Jeden Umgang mit dem Offizier unterm Dach vermieden wir. Nur einen kurzen Gruß wechselte meine Mutter mit ihm, wenn sie sich durch einen Zufall auf der Treppe begegneten. Wie er sie ansah bei diesen wenigen Gelegenheiten. Er sah sie an, als sei sie nur das, was er sah, ihre Erscheinung. Als existiere sie nur als Fuß, als Auge, als Abdruck des Schenkels im Kleiderstoff.

Was hatte dann unmerklich die Veränderung dieses Zustands herbeigeführt? Ich erinnerte mich eines Briefs, der ein erstes Zeichen gewesen sein könnte. Meine Mutter hatte ihn geschrieben und schickte mich fort, ihn zu überbringen. Ich ging zu dem Offizier, der in einem Seitenflügel des St.-Jakob-Hospitals untergebracht war, wo er arbeitete. Die langen Gänge des Krankenhauses lagen schon dunkel. An den Krankenzimmern leuchteten, wo frisch Operierte lagen, die Notlampen. Licht drang nach draußen auf einen Gang, dieses künstliche Blau aus Operationssälen. Ich ging die endlosen Flure entlang, es wurde dunkler, und an den Wänden über den leeren Treppen türmten sich Schatten. Ich fand das Zimmer des Offiziers und übergab den Brief. Ein Schreibtisch mit Akten, nackte elektrische Birnen, rostbraunes Linoleum. Draußen vor der Pforte fiel plötzlich Schnee, ein Ast löste sich ab wie eine Hand unter dem Druck, da glaubte ich, eintauchend in das Bild des Schnees, des Astes, der Mauer, die sich in meinem Rücken schloss, in seinem Sog mich aufzulösen.

Vielleicht jedoch fand die Übergabe des Briefs an einem späteren Zeitpunkt statt, längst nachdem ich hinter der Milchglasscheibe der geschlossenen Schiebetür zum Wintergarten die Silhouette eines Paars gesehen hatte, eng aneinander gedrückt.

Sicher jedoch fand sie statt, kurz bevor eines Abends nach langer Zeit die ersten Gäste ins Haus kamen.

Am Morgen war meine Mutter zum Markt gegangen. Überall in der Stadt lagen leicht klaffend die schwarzen

Muscheln auf den Fischständen aus, obszön und abstoßend mit der rohen gallertartigen Masse in ihrem Innern, zuckend im Schlitz der Öffnung. Seit meine Mutter sie bei unserer Ankunft zu Gesicht bekommen hatte, übten sie eine merkwürdige Anziehung auf sie aus, immer stand sie vor den Auslagen der Fischverkäufer, in ihren Anblick versunken, und am Tag der Einladung hatte sie nur den einen Gedanken, ihren Gästen diese Muscheln, in einem Sud mit Zwiebeln gekocht, vorzusetzen.

Am Abend kamen die Gäste. Während sie sich über die Schüsseln beugten, in denen kochend heiß die Miesmuscheln schwammen, sah ich meine Mutter auf dem Sitz des Stuhls hin- und herrutschen wie jemand, der, von einem nicht abreißenden körperlichen Schmerz gequält, nach einer erträglicheren Haltung sucht.

Am selben Tag hatte sie sich, gegen Mittag von ihrem Gang auf den Markt zurückgekehrt, auf dem Sofa ausgestreckt in weiten Röcken mit gespreizten Schenkeln. Sie war nicht allein, der Offizier hatte auf sie gewartet. Da sah ich – zum Spielen in den Garten geschickt, jedoch leise zurück ins Haus geschlichen –, dass er etwas in der Hand hielt, während sie auf dem Sofa lag, ich konnte es nicht deutlich erkennen, was er ihr hineintrieb, bis sie anfing, sich zu winden, zu röcheln, sich an ihn zu klammern. Zuletzt bewegte sie sich so ruckartig, dass sie vom Sofa fiel und zu Boden rollte, in einer einzigen schreienden Entladung etwas hervorstieß, das von fern aussah wie eine Muschel.

Seit diesem Tag war sie krank und erschöpft. Lag in dem dunklen Haus. Zwischen ihr, der Schwärze der Stadt, den Muschelgehäusen gab es eine merkwürdige Verbindung. Sie lag dort ausgestreckt, draußen vor den Fenstern ragten die Türme der Stadt düster über das flache Land. Stille unter den Brückenbögen. Auf dem Wasserspiegel lag zerstückelt der Körper der Stadt.

Ich saß die ganze Nacht in der Hotelhalle, niemand störte mich.

Dann graute ein nebliger Morgen über dem Flachland. Ich stand auf, stieg aus der Halle die breite, mit rotem Teppich bespannte Treppe zum ersten Stockwerk hinauf, von Stufe zu Stufe war das Messinggestänge festgeschraubt wie in alten Badehotels.

Ich ging durch einen langen, breiten Gang mit weiß gestrichenen Wänden. Über dem knarrenden Parkett rollte sich ein verschossener Läufer aus. Rechts und links an den Wänden zogen sich in weitem Abstand voneinander die doppelten Türen zu den Zimmern hin. Dunkles Holz mit gebogenen Klinken von Messing. Kein Laut drang aus den Zimmern auf den Gang.

Zwischen den Türen waren alte Stiche an die Wände gehängt. Von der Mitte des Gangs herantretend, sah ich, dass auf den Bildern Foltern von Kindern dargestellt waren. Auf einigen der Bilder bestand die Folter aus Brühen in und mit dampfenden Flüssigkeiten. In Kesseln mit siedendem Wasser, unter glühenden Tropfen von kochendem Pech, das auf das rohe Fleisch unter der abgeplatzten Haut zischte, wanden sich die nackten Körper der Knaben unter dem geilen Blick ihrer Peiniger. Wie in Bäder einer siedenden Taufe, so stürzten die Leiber kopfüber, mit nackten Beinen hoch in der Luft, in die kochenden Brunnen, und aus der Fontäne spritzten über den weiten Platz die aus dem Innern hochgeschleuderten glühenden Brocken und zerfielen rieselnd in der Luft über den nackten Leibern der gefesselten Knaben am Boden.

Ein merkwürdiges Hotel, in dem die Gäste solche Bilder zu sehen bekamen. Die gleichgültige, fast dokumentarisch sich auf die Körper als bloße Fleischmasse konzentrierende Darstellungsweise stand im Gegensatz zum unterschwelligen, aber eindeutigen Bezug von Gewaltsamkeit und Lust. In den Bildern steckte etwas Lauerndes – wie in der Lautlosigkeit, die hinter den doppelten Türen in den Zimmern herrschte.

Nirgendwo ein Zeichen von Leben, und vielleicht, dachte ich, waren wir auch hier die einzigen Gäste, und alle Zimmer waren unbelegt. Wahrscheinlich ein alter Kasten, in dem seit Jahren kaum noch ein Gast abstieg.

Als ich um eine Ecke des langen Gangs bog, stieß ich auf einen tiefen Lichtschacht. Blind vor Taubendreck, hingen schräg winzige Hinterhoffenster in den Angeln zwischen den engwinkligen, abblätternden Wänden und dem Geflecht der Wasserrohre.

Als ich das Zimmer betrat, saß das Mädchen hoch aufgerichtet gegen die Rückwand des Bettes gelehnt, die nackten Brüste und Schultern starrten wie festgefroren über dem weißen Laken. Ein dunkler Blick, spähend. So sehr schien eine ungeduldige Erwartung alles in diesem Raum zu beherrschen, dass er wie ein magnetisches Feld war, auf dem alle Dinge auf das Mädchen ausgerichtet waren.

Hatte das auch nur im Entferntesten etwas zu tun mit dem, was man erwartet, wenn man sich dem Bett einer Frau nähert, mit der zusammen man eine Reise, eine erste Reise angetreten hat? Nichts hier von Freude und Überraschung, keinerlei Zugeständnisse und auch kein sentimentales *The Moon is Yellow* im Hintergrund.

Bis unter die Decke starrte alles vor Anspannung. Lautlos

schien sich ein Ring um sie gelegt zu haben. Reglos verharrte sie da, und ihr Blick folgte mir, als ich mich auszog, durch das ganze Zimmer wie einem Unbekannten. Ich näherte mich ihrem Bett, streckte die Hand aus nach ihrem Haar; ohne zu zögern, zog sie den Kopf weg. Sie sagte kein einziges Wort.

Es war merkwürdig, dieses Hotel, diese geräuschlosen Zimmer erinnerten an geschlossene Anstalten, an Häuser der Angst. Doch bei unseren Begegnungen hatte es von Anfang an die Zufälligkeit und die offene Durchlässigkeit der Straßen und Plätze, des zugigen Dachzimmers gegeben.

Draußen war der Himmel düster geworden mit schwarzen, tief herabhängenden Wolken. Dann, während ich mich in das zweite Bett legte, rauschte der Regen laut und gleichmäßig im Laub der Bäume, und dampfend stieg die Feuchtigkeit auf zu unserem Fenster.

Nacht. Ein großer Papierkorb auf dem dunklen Platz vor den pendelnden Schwingtüren unseres Hotels. Aus den Türen fällt gläsern das Licht. Kein Laut unter den Bäumen. Am Boden regen sich Hautfetzen wie Blätter. Rot leuchten die Schlusslichter des Zuges am Meer. Kopfbahnhof im Sand.

Eine braune Rampe. Lautlos rollt ein Güterwagen heran. Aus der offenen Seite fallen die Böschung hinab gebündelte Körper, nacktes Fleisch, strähnige Haare, fliegen heraus, rollen herab, verschwinden. Körper in Bündeln wie Strohpuppen. Fleischklumpen, nackt, welk, teigig, brennen wie Zunder. Hoch schlägt die Flamme aus der Tiefe der Böschung weit über die Rampe. Der Zug ist verschwunden. Ein Stuhl steht allein dort oben auf der Rampe, von der Flamme erleuchtet, ein Folterstuhl mit Stangen, Schrauben, Rädern.

Der Stuhl ist leer. In rasendem Tempo drehen die Räder sich, knirschen die Stangen.

Köpfe, Schädel springen, immer mit dem Gesicht, den Höhlen von Augen und Mund nach vorn gewandt, eine glitschige Kellertreppe hinunter. Dunkel, modrig das Verlies, mit Gebeinen angefüllt. Nirgends ein Licht. Durch ein Loch, eine Öffnung wie unter dem Deckel eines Straßengullis, wird von oben der Nachschub gestoßen. Tief in die Erde gräbt sich die Schaufel eines Baggers, der Greifarm füllt, schichtet Schädel, Skelette, klebt sie in die bröcklige Erdwand. Ein runder Kiesel erscheint überdeutlich zwischen den Knochen im Erdreich, während eine Planierraupe über die Gebeine rollt, sie einstampft, walzt, vor und zurück. Eine Hand taucht jetzt auf, schiebt sich, langsam wachsend, mit brennender Fläche vor alles andere. Dann ein Kopf, ein übergroßer Mund, der sich bewegt wie unter Wasser.

Noch im Traum hatte ich das beklemmende Gefühl, dies sei mein natürlicher Zustand. Für immer schien dieser Ort mir zugeschrieben, dieser Ort, wo die Gewalt ihr eigener Grund ist, ohne Begründung und Ausflüchte.

Dumpfer Druck des Traums. Langsam wurde ich völlig wach. Immer noch lag die Beklemmung der Traumbilder auf mir, je wacher ich wurde, desto schneller entwichen jedoch die Schemen, verflüchtigten sich. Es war, als ob im Laboratorium des Schlafs sich etwas Unbestimmtes in Bilder verwandelt hätte, deren Eindringlichkeit sich steigerte, je weniger sie sich aufschlüsseln ließen mit biografischen Erlebnissen. (Es war verrückt …, in gewisser Weise war ich doch damals entkommen, warum also das Delirium der Angst? Vielleicht ging es mir mit den Bildern, die mit dem Schrecken verknüpft waren, wie mit den Vorstellungen, die durch die Namen unbekannter Städte in mir hervorgerufen wurden – irgendwann, ohne dass ich den Ausgangspunkt dieses Prozesses genau hätte bezeichnen können, musste sich, ausgelöst nicht durch ein bewusstes Erlebnis, sondern durch einen unbemerkt gebliebenen Anlass in der Vergangenheit, ein nicht mehr abzuschüttelndes Arsenal von Schreckensbildern gebildet haben, und später ließ sich nicht mehr sagen, aus welchen Quellen sich diese Vorstellungen so lange und hartnäckig genährt hatten.)

Ich betrachtete das schlafende Mädchen dort in der Ecke des Zimmers, ihren unruhigen Schlaf. Manchmal hatte ich geglaubt, zu verstehen. Sie lebte in der Furcht vor der Flüchtigkeit der Dinge, getrieben von dem Gedanken, jenes Unbekannte wieder zu finden, in das die seltenen Augenblicke einer bestürzenden und alles Beschränkende vergessenden Atemlosigkeit mündeten.

Ich stand auf und ging ins Bad, schloss die Tür. Als ich das Licht anschaltete, ergoss sich eine blendende Flut von Helligkeit über die stumpfen Kacheln. Ich klammerte mich an das Waschbecken, doch das Flimmern vor meinen Augen ließ nicht nach, sondern verstärkte sich beim Anblick der feuchten Fläche des weißen Porzellans.

Eine Weile saß ich auf einem Badehocker, den Kopf in den Händen mit geschlossenen Augen, und wartete, dass das Schwanken des Raums, der Schwindel im Kopf aufhöre.

Dann ging ich zum Spiegel. Ich sah ein bleiches Gesicht, Bartstoppeln, rote Augen. Plötzlich war ich unfähig, in meinen Bewegungen fortzufahren. Der Rasierpinsel, triefend von weißem Schaum, schien zu wachsen im Spiegel, schob sich wie ein aufgeblähter giftiger Pilz vor mein Auge. Nun wuchs das gleichmäßige Rauschen im Wasser zu großer Lautstärke an, so geräuschvoll lärmend, dass es unter meiner Hirnschale nur noch floss, sprudelte, rauschte, spritzte. Ließ den Pinsel ins Becken fallen, riss ein Badetuch vom Haken und wischte mir, hinausstolpernd, den Schaum vom Gesicht.

Als ich zurückkam in das stille Zimmer, erschrak ich. Zuerst hatte ich sie im Halbdunkel nicht bemerkt, dann sah ich am Tisch mit dem Rücken zu mir eine fremde Person, sehr klein, fast ein Kind, obwohl dieser Anschein täuschte durch die merkwürdige Art der Kleidung. Ein marineblaues Kleid mit tief in der Hüfte angesetzten Falten, ein weiter Kragen, flache Schuhe mit Spangen, ein kleiner, kreisrunder Hut, unter dem das Haar verschwand.

Sie habe das Kleid im Koffer gefunden, sagte das Mädchen, sich zu mir wendend, während sie gelassen kurze Handschuhe aus weißem Waschleder zuknöpfte. Der Knopf saß an jedem Handschuh direkt über dem inneren Handgelenk, zwischen Handgelenk und Handteller entstand im Handschuhstoff beim Zuknöpfen eine Öffnung, ein winziges Loch, aus dem die nackte Haut starrte.

Nun erkannte ich sie auch an ihren Strümpfen, die in völligem Gegensatz zu ihrem lächerlich kindlichen Aufzug standen. Diese Strümpfe erweckten immer den Eindruck, als gehörten ihre Beine nicht zu ihr, wie lange Fühler eines Insekts, sich tastend über den Boden bewegend, erschienen sie im glitzernden Rot des Gewebes.

Sie ergriff einen Handkoffer, einen alten rechteckigen Kinderkoffer aus gelacktem Pappmaché mit Ecken aus Metall, ging durch die doppelten Türen nach draußen. Ich zog mich an, packte meine Sachen zusammen, lief ihr nach. Es war noch sehr früh, die Gänge lagen noch immer verlassen im gedämpften Licht zwischen den gerafften Vorhängen. Tief von der Kuppel hing ein Leuchter durch das Treppenhaus, mit Glasscheiben, wie sie alte Kutschenlaternen haben. Wir stiegen die Stufen herab, durchquerten die Halle und traten ins Freie.

Der Platz lag verlassen da. Kein Mensch war unterwegs zu so früher Stunde. Wir gingen zurück in die Stadt. Als wir den Stadtgraben überquert hatten, schlugen wir beide die Richtung zum Bahnhof ein, ohne uns darüber verständigt zu haben. Ihre Schweigsamkeit beunruhigte mich, obwohl ich längst hätte an sie gewöhnt sein müssen. Ich wusste nicht, schlenderten wir Seite an Seite, im Einverständnis, oder folgte sie mir wie ein Schatten, da sie selbst in keine bestimmte Richtung drängte und ohne mich einfach die Straße entlang weitergewandert wäre? Einmal blieb ich stehen, und sie wartete auf mich. Der Regen hatte aufgehört, und nur ein vereinzelter Vogelruf drang plötzlich aus den Bäumen. Ein wenig später entfernte sie sich von mir, ich sah sie unter den Bäumen gehen, die roten Beine sich bewegen wie Scheren. In der Morgenfrühe war eine Händlerin aufgetaucht, auf einem Karren Kastanien röstend und kleine Fische. Das Mädchen stürzte zu dem Karren, nahm eine Pappschale, begann die heißen, gerade vom Feuer genommenen Fische gierig zu verschlingen. Das Gesicht über die dampfende Pappe gebeugt, stopfte sie hastig ganze Hände voll in den Mund.

Gelächter schüttelte mich, als ich das sah, immer mehr kippte die Müdigkeit um, entlud sich in diesem wahnwitzigen Anfall von Gelächter.

Das Mädchen hatte erschreckt aufgeblickt und war zu mir gelaufen. Als wir den Bahnhof betreten wollten, läutete nebenan eine Kirchenglocke, durchdringend und blechern. Da zog sie mich durch das schwere Portal. Ihre Schritte hallten in dem leeren Kirchenschiff, nur am anderen Ende bewegte sich vor dem Altar ein Küster in langem schwarzem

Gewand und löschte die Kerzen. Wir setzten uns ins Seitenschiff in eine Kirchenbank, und ich muss sofort eingeschlafen sein.

Ein früher Morgen am Rand einer verlassenen Stadt am Meer. Ich gehe die Stadtmauer entlang im Regen. Tief unten schlägt die Brandung der Wellen gegen die Felsen, Geruch von Salz und Gischt, schäumend und weiß, steigt die Festung hoch, dringt durch die Schießscharten ins Innere der reglosen Stadt. Weit und breit keine Menschenseele. Nur das Klatschen der Wellen im Abgrund, das Pfeifen des Windes in den Ecken der Häuser, das Quietschen eines Fensterladens in den Angeln, unterbrochen vom heftigen Zuschlagen einer fernen Tür. Die Häuser hier oben an der Küste sind ausgeräumt, salzig, zerfressen, abweisend die Fronten. Nur hinter den Läden, die vor den Fenstern zugehakt sind, regt sich manchmal ein Blick, bricht aus einer Lücke im morschen Holz hervor, wachsam, im Anschlag. Die Straße steigt an in die Leere des Himmels, der niedrig und düster über der Ebene im Innern des Landes hängt. Ich biege um eine Ecke, da zeigt sich über der Tür der verblasste Namenszug einer Gaststätte. Ich bleibe stehen, unschlüssig, einen Blick hineinzuwerfen. Im Innern singt eine Mädchenstimme ein melancholisches Straßenlied. Bricht plötzlich ab.

Dann stehe ich auf dem weiten, nach einer Seite hin offenen Platz mit den öffentlichen Gebäuden der Stadt. Alles liegt leer. Unter den Bäumen in der Mitte des Platzes liegen im Sand große Holzkugeln eines Boule-Spiels. Da erhebt sich ein Rauschen, ein Klatschen und Schlagen in der Stille zwischen den Gebäuden. Von den Balkonen, den Fensterkreuzen und Fahnenstangen hängen Hunderte von Gehenkten, über und über sind die Wände bedeckt mit dem schwarzen Gewimmel in der Luft schlenkernder Leichen. Die Kleider hängen an ihnen herab wie nasses Gefieder im Wind, das Rauschen, das ich höre, ist das Rauschen in den Kleidern der Gehenkten. Nichts anderes ist mehr zu vernehmen. Heftiger bläst der Wind, der Himmel verdüstert sich, Staub wirbelt auf mit einzelnen trockenen Blättern vom Platz. Von fern das Geräusch der heranrollenden Panzer.

Am anderen Ende des Platzes erscheint eine Frau, die Strümpfe heruntergerollt, das Haar strähnig über die Schultern hängend, zitternd vor Kälte schlagen die Zähne ihr aufeinander. Überquert den Platz.

Plötzlich sehe ich, gegen die roten Steine einer niedrigen Mauer gelehnt, die die Bäume eingrenzt, eine Gestalt am Boden liegen mit einem kleinen, kreisrunden Loch im Leib, eine winzige Öffnung nur, fast zu übersehen, und doch sickert unaufhörlich ein dünnes Rinnsal von Blut heraus. Sie nähert sich ihm, bückt sich, fährt mit dem Finger über den röchelnden Mund, hockt sich über ihn, öffnet langsam, so langsam, als wäre es kein Verwundeter, der unter ihr liegt, den Hosenschlitz dicht unter der Wunde.

Während der ganzen Zeit sieht jemand ihr zu, ein Dritter, sieht sie an …, jemand, der tiefer unter den Bäumen steht. Ihr Blick hält ihn fest, wühlt sich in sein Gesicht, zieht ihn näher, sich vor- und zurückgleiten lassend, bis schließlich mit einem Röcheln die Augen des Verletzten sich verdrehen, der Kopf zur Seite sinkt, und von Schweiß bedeckt bricht sie über dem Körper zusammen.

Ihr Gesicht schlägt in den Sand, der sich in Augen, Nase, Mund setzt, sich vermischend mit dem Saft, der an ihren Schenkeln klebt.

Es war das ununterbrochene Läuten der Glocke, das wir im Innern der Kirche wie aus weiter Ferne nur noch gedämpft gehört hatten, das immer lauter und lauter durch meinen Halbschlaf drang, bis ich mit einem scheppernden Schlag zu mir kam. Einen Augenblick dachte ich, wir warteten auf den Zug und ich sei eingeschlafen auf einer Bank in der Wartehalle. Da fiel mein Blick auf das Altarbild vor uns. Es war eine mittelalterliche Kreuzigungsszene, doch, abgesehen von der Gestalt der Maria am Fuß des Kreuzes, ohne die bei der Szene gewohnten Nebenfiguren. Überdeutlich drängte der Körper des Gekreuzigten sich dem Blick auf, kein stilisierter weißer Leib mit roten Wundmalen, sondern das Ganze sehr fleischlich, mit den im Todeskrampf überspannten, hervorquellenden Muskeln, dem zerstochenen, sich am starren Holz ringelnden Fleisch, aus dem es aus unzähligen Löchern tropfte, eiterte, faulte. Die im Sterben verbogenen Finger, der lächerlich herabpendelnde Kopf, als habe man seine Sehnen im Nacken durchschnitten. Je länger ich diesen Körper anstarrte, desto blasphemischer erschien er mir, als habe er eine Feder springen lassen unter dem Dach der Kirche, und ein lautloses Gelächter hallte zwischen den Spitzbögen. Kein Lamm, kein Kelch verwiesen auf Tröstung. Dieser Leib war nicht aufgelöst in ein religiöses Symbol, ein ornamentales Zeichen für die Überwindung des Todes in der Gemeinschaft der Heiligen, sondern zum Trocknen am Holz aufgehängtes Schlachtvieh.

Ich wandte mich der Gestalt neben mir auf der Bank zu, die damit beschäftigt war, den kleinen Küster, der sich im Hauptschiff zwischen den Kerzen bewegte, zu fixieren. Als vierte Person war eine Farbige gekommen. Sie betete im anderen Seitenschiff vor einer Marienstatue, ihre bloße Hand lag während des Gebets auf den Füßen der Statue, als wäre die Figur die Verkörperung eines Geistes und nur durch die Berührung ströme der Zauber in ihren Arm, in ihr Herz, das noch irgendwo in den Urwaldsümpfen schlug.

– Heute nenne ich mich Acht, flüsterte sie neben mir. Acht, eine beliebige Zahl unter anderen, doch mit zwei Schlingen und der spiegelnden Achse in ihrer Mitte – hier schlug ich ihr den weiten Rock hoch. Da sie nichts trug unter den Falten, lag alles nackt vor meinen Augen, von den Knien an aufwärts die Schenkel, das schwarze Haar, der Bauch traten hervor. Verschwunden war die Müdigkeit des frühen Morgens, die Haut kalt und glatt. Ich beugte mich über sie, fuhr mit der Zunge vom Nabel ab zwischen die Spalte, die Innenseite der warmen Schenkel, eingeschlossen in das laute Klopfen meines Herzens dicht über ihrer Haut.

Sie machte eine Bewegung, als wolle sie mir die Hose öffnen, zog aber dann die Hand zurück, als wüsste sie selbst nicht, warum sie mich hierher geschleppt hatte.

Wir verließen die Kirche, überquerten den Platz. Als wir den Bahnhof betraten, stellten wir fest, dass hier längst keine Züge mehr verkehrten. Es war eine riesige Halle, gläsernes Gewölbe über den Trägern aus Stahl, völlig leer, mit gestampftem Lehmboden, seit langem leer stehend. Eine gigantische Ruine, durch deren getrübtes Glas, das sich in der Höhe zwischen den Kuppelbögen verlor, das Licht eindrang. Jeden Augenblick schien ein Pfeiler von oben herab auf uns zu stürzen. Wir flohen.

Zone

I

Später hatten wir den richtigen Bahnhof gefunden, einen flachen Bau aus Beton. Wir hatten Fahrkarten gelöst und waren gegen Abend abgefahren.

Das Rollen und Stampfen der Räder hatte sich fortgesetzt in unserem Herzschlag, während wir mit dem Zug durch die Nacht rasten. Eine lange Nacht, eine lange Reise. Immer dumpfer die Luft. Die schimmeligen Ausdünstungen der Fahrgäste beschlugen das Fenster, das ganze Abteil voll Menschen. Acht saß mir gegenüber, inmitten stumpfsinnig ruckelnder Köpfe, der trübseligen Schläfrigkeit, zwischen ausgewickelten fettigen Butterbroten, fern und allein in die Ecke am Fenster gedrückt.

Halb geöffnet lagen ihre Schenkel auf dem klebrigen Sitz wie Zangen. Ich bemerkte ihre leicht geschwollene Lippe. Ihre Hand – sie schien so weit von ihrem Körper entfernt zu sein, als gehöre sie nicht mehr zu ihm. Eine verleugnete, einsame, anonyme Hand. Ich dachte an die Haut zwischen Knie und Bauchnabel, nackt, in lebendigem Weiß.

Draußen stürzte die Landschaft an uns vorüber. Ich bat, das Fenster öffnen zu dürfen. Sofort ließ der Wind die Vorhänge flattern, die Türen klappern. Nie vergesse ich das Rollen der Räder, das wilde Flattern der Vorhänge, das Rappeln der Türen zum Gang, das Holpern über den Bohlen, die leeren Felder, die geräuschvolle Lebendigkeit dieser Nacht da draußen inmitten des Schweigens.

Mir schräg gegenüber hatten sich zwei Frauen niedergelassen von undefinierbarem Alter, vierzig, fünfzig, sechzig? Es war jene Sorte von Frauen, die auf Reisen weiße Handtaschen und weiße Schuhe tragen, überm speckigen Gesicht dauergewelltes kurzes Haar. Unterwegs führen sie in Tüten Bonbons mit, die sie unablässig schmatzend lutschen, die Hände mit Bernsteinring unterm dicklichen Bauchwulst gefaltet.

Plötzlich stand eine vom Sitz auf, aus dem ein abgestandener Geruch strömte, stand auf, um etwas aus ihrem Koffer hervorzukramen, wandte mir ihren Hintern zu, die fetten Beine. Fleischmasse unter hautengem plissiertem Wollrock, in dem sich alles abdrückte, jede Delle, das Wulstige, Wabblige, die satte Gallertmasse. Und dann das Inventar, das einem entgegenquillt, wenn so ein Koffer plötzlich geöffnet wird, dieses absichtslos sich enthüllende Innenleben in all den Bürstchen, Läppchen, Blüschen, Beutelchen, Tüchelchen, lauter lüsternen Niedlichkeiten.

Ich sah Acht an, suchte noch einen Zipfel meiner Existenz zu erwischen inmitten dieses von fremdem Atem erfüllten Raums. Sie schwieg, auch ich schwieg, als ob die Anwesenheit dieser dicht aufeinander gerückten Körper uns enger zusammenschlösse.

Wie sie so aus dem Fenster hinausblickte, obwohl in der Dunkelheit nichts zu erkennen war, hatte sie nicht im Geringsten etwas Außergewöhnliches oder Besonderes an sich. Doch in diesem Augenblick begann ein plötzliches Vergnügen an ihr … wie einen Hund sah ich mich, der sich über den Abfall auf den Straßen hermacht … wie ein Tumor in meinem Kopf zu pochen, unter dem warmen Schleier eines leichten Deliriums, hervorgerufen durch die Schlaflosigkeit dieser Nacht, die stickige Luft, das monotone Schaukeln des Zugs.

Der Zug ratterte und ratterte. Inmitten des dumpfen, säuerlichen Geruchs dieser Leiber dachte ich nur an ihren Bauch, der unter ihrem Rock den Blicken entzogen war, an das Stück, auf das es ankommt, den Ausschnitt zwischen dem Ansatz der Schenkel und dem Bauchnabel, in dem sich gerade jetzt vielleicht eine leichte Schmutzschicht angesammelt hatte. In völliger Heimlichkeit unter der grellen Beleuchtung im Abteil dachte ich daran. Die Wirkung dieses Stücks Fleisch ... konnte doch nicht mehr im Reiz des Neuen und Fremden liegen, längst war jede Einzelheit mir vertraut. Vielleicht lag sie einfach in einer plötzlichen Vertiefung dessen, was ich seit Wochen kannte.

Durch halb geschlossene Augen das Spiel ihrer Hände beobachtend, dachte ich mir aus ... (der Schlitz ihres Rocks hatte sich hochgeschoben), dass sie mit langem Nagel in dem Schmutz ihres Bauchnabels bohrte, dass die Hand hinunterglitte, sich über das Loch legte, es für Sekunden bedeckte, dass ein Finger die Wände des Spalts trennte und sich dazwischenschob.

Da ging mir auf einmal das Wort *Falle* durch den Kopf. Es gab eine Verbindung von der Höhle zwischen ihren Schenkeln zu meinem Gehirn, und die treffende Bezeichnung für diese Verbindung war eben – Falle. Ein Hinterhalt im Kopf. Ich sah mich dem Loch gegenüber, in das alle Leidenschaft stürzt, sich auflöst, in diesem Ding aus Schwärze und Schleim, dich würgend und schüttelnd aufsaugt in einem einzigen Zusammenbruch. Da waren die lautlosen Bilder in meinem Schädel, die Bewegungen eines fast entblößten Körpers, sie drangen in mein Gehirn, durch den Schleier schläfriger Benommenheit.

Plötzlich war sie aufgesprungen und in den Gang gelaufen. Ich folgte ihr nach, durch den ganzen Waggon bis ans Ende. Rasender Lärm der klappernden Scharniere, wir zwängten uns in einen Waschraum, schlossen die Tür, ich schob meine Hand unter ihren Rock, bog sie zurück über das schmutzige Waschbecken, ich sah unsere verschlungenen Arme eine Sekunde im Spiegel ..., dann rann der Saft zwischen ihren Schenkeln, meine Eier in ihrer Hand, über ihrem warmen, leicht klaffenden Loch, aus dem schwer ein saurer, stechender Geruch aufstieg. Ich fiel gegen sie, so dass das eiskalte Porzellan des Beckens an ihrem nackten Hintern klebte, an der Kante in ihr Fleisch schnitt. Sie schrie. Ihr Schrei lockerte etwas in meiner Kehle, als kratze er mir die Stimmbänder aus. Bis schließlich ein röchelndes Geräusch hervorkam, ein hohes Winseln, dünn wie ein versickernder Wasserstrahl, aber immerhin deutlich vernehmbar. Ich hörte diesen Laut, das Äußerste, was ich von mir geben konnte. Denn ich hatte mir eingebildet, diese ganzen Jahre in dem Zimmer unterm Dach, endgültig in die Kälte ausgewandert zu sein, um dort jede Empfindung einem Prozess des Einfrierens und Verdichtens unterziehen und in so gewonnener Intensität vor dem Abrutschen ins Belanglose bewahren zu können.

Endlich brach ihr Schrei ab wie die Spitze eines Bleistifts, der zu lange gespitzt worden ist.

Als wir zurückkamen, war es dunkel im Abteil, alles döste, jemand hatte das Licht ausgeschaltet, und nur über der Tür leuchtete die rote Lampe des Notlichts, ein blutiges Rechteck. Ich fiel zurück in meinen Sitz.

Vor mir in der Dunkelheit leuchteten losgelöst die Beinpaare der drei Frauen, vor sich hin ruckelnd, schwankten unmerklich hin und her, abgestellte Ersatzteile.

Bleich, eine Kette übereinander geschlagener Beine, erbarmungslos unter dem weißen Licht eines noch leeren Gerichtssaals – was war es, was mich plötzlich aus dem Abteil in einen Gerichtssaal versetzte –, *Gelenkstücke, aufgestellt wie von fremder Hand dicht nebeneinander, weisen sie in der vordersten Reihe ohne Ausnahme in dieselbe Richtung, Stückgut nackter Waden im Ausschnitt zwischen Fuß und Knie; Schenkel gekrümmt im Knie, übereinander liegt, aneinander gedrückt, Fleisch von rechtem Bein über Fleisch von linkem Bein, dazwischen spannt sich die Haut; Kette von Bein, jedes namenlos in der Zahl ihrer Reihe verschwindend, sechs sieben acht, Haut gespannt über Fleisch, dazwischengesetzt als Scharnier das Knie, die weiche Kniekehle, verborgen die dunkle flaumige Höhle, in die sich das andere schmiegt. Kniekehle … trägt den Schlüssel zu dem verborgenen Gehäuse der Angst … Angst, plötzlich herausspringend aus dem Gehäuse wie die Figur im Uhrkasten, wenn die Glocke schlägt; Bein, ausgelöst aus dem Körper, Bein, das sich erniedrigt zum Gegenstand, hervortretend in unerwarteter Verbindung mit dem (vielleicht) dunklen Holz der Täfelung im Gerichtssaal unter eiskaltem Flutlicht.*

Ein Scharren, ein Schleifen von Füßen und Koffern und Taschen, ein Türaufstoßen riss mich hoch. Wieder einmal hatte ich mich von den Ausgeburten solcher Reisen einwickeln lassen, dem Mief, der Langeweile, der Beklemmung, den inneren Clownerien. Da kamen auch schon die Passkontrollen. Es ging schnell vorüber, immer fürchtete ich, sie würden durch Zufall etwas in meinem Gepäck finden. Einmal hatte man mich an der französischen Grenze aufs Revier geschleppt, wo ich nach einem inquisitorischen Verhör auf einer Bank die Nacht verbrachte, ein Irrtum, Verzeihung Monsieur, tausendmal um Entschuldigung.

Draußen begann jetzt der Morgen, ein nebliger Morgen auf dem flachen Land. Hinter den kahlen Pappeln zogen in der Ebene die Lastkähne im Fluss vorüber. Ein Schwarm grauer Vögel stieß gegen den Himmel und verschwand in dem weiten Flachland jenseits des Flussbetts.

In St. Quentin waren die Frauen ausgestiegen, wir waren allein im Abteil geblieben.

In der Nacht waren es die Geräusche gewesen, die mich gestört hatten, das Rattern, Rappeln, Flattern, Klatschen. Nun breitete sich mit dem Morgenlicht Stille zwischen den leeren Sitzplätzen aus. Sitzflächen aus rötlichem Kunstleder, rechts und links in die Luft ragende Armstützen, am oberen Rand der Rückenlehne eine Schlaufe. Ich starrte sie an, die Stille wuchs.

Ich sah auf, ich sah goldene Ohrringe schaukeln an Achts Ohren. Wie ist das möglich, fragte ich mich, die ganze Nacht sitzt sie mir gegenüber, und ich habe nichts gesehen, flache Ohrgehänge waren es in der Form aufgespannter Fächer. Die Ohrringe gingen eine Beziehung ein mit dem Gesicht, verbanden sich mit der Linie zwischen Ohr und Kinn, bildeten einen Winkel mit der Fläche der Wangen. Verschoben sich …, das schaukelnde Glitzern verschmolz mit dem Glanz der Augen, eine Bewegung entstand, lief hin und her zwischen dem Auge, dem Winkel der Nase, der Höhlung des Ohrs.

Ein Ausschnitt ihres Gesichts – nicht mehr. Doch niemals hatte ich ihre Gegenwart eindringlicher empfunden als in der Zwiesprache, in der mir ein einzelner Teil ihres Körpers so heftig in die Augen, in die Hand sprang, dass er alles andere Empfinden aussperrte. Sie so zu sehen – vielleicht lag darin auch ein Moment von Gewalt.

Ein Gesicht, ganz augenblicklich entstanden, ganz sprachlos, ganz Unordnung. Ich betrachtete die gerade entdeckte Fläche ihres Gesichts, als hätte ich ein Mittel entdeckt, hinter sein Geheimnis zu kommen. Doch ich wusste, dass dieses Gesicht mir unbegreiflich war. Vielleicht weil ich es wusste, war ich ihr einen Augenblick nahe, näher konnte man einem anderen nicht kommen. Ich sah: Die blasse Haut hatte in der Übermüdung jene kaum wahrnehmbare Andeutung von Zerknittertem, die gab der Glätte und Ausdruckslosigkeit ihrer Miene einen Zug von Heruntergekommenem, wie eine leicht beschädigte Statue.

Eine Weile hatte sie mir so gegenübergesessen, ruhig in einem Buch lesend. Als der Zug auf freier Strecke anhielt, hatte sich der Schattenriss von kahlen Pappeln sekundenlang auf den sonnigen, staubigen Fußboden zwischen die Bänke gelegt, still lag er zwischen uns mit unmerklichem Zittern.

Da stand sie auf und zog mich, ohne mich anzusehen, den Gang hinunter, durch den ganzen Zug, von Waggon zu Waggon. Bis wir schließlich ans Ende des Zuges kamen. In diesem knappen Raum am Ende des Perrons, wo der Zug plötzlich abgeschnitten wird von einer Glaswand, deren Metallscharniere sich wie eine Ziehharmonika zusammenklappen lassen, überfiel mich beim Anblick der Schienen unter uns ein Gefühl der Leere.

Einen Augenblick standen wir dort, auf das reglose, gefrorene Land hinter dem Zug blickend. Dann klappte sie den Riegel hoch und schob die Abschlusswand nach rechts und links auseinander. Sofort spürte ich die hereinbrechende Kälte, eine eisige Mauer, ich trat einen Schritt vor.

Im selben Moment ruckte der Zug an. Ein Stück vorgeschleudert durch die Wucht, mit der sich die Räder aus dem

Stillstand in Bewegung setzten, hing ich für den Bruchteil einer Sekunde halb aus dem Waggon heraus. Mechanisch hatte ich nach einer der Halterungen an der zusammengedrückten Glaswand gegriffen. Erst als ich wieder fest auf dem Perron stand, schoss der Schreck in mir hoch mit einem Schlag, und ebenso das Bild, der festgestellte Moment des Sturzes, hängend in freier Luft zwischen dem starren Himmel und dem wegstürzenden Schotter zwischen den Schienenbohlen.

II

Was für ein Irrtum, zu meinen, nur die Abschiede wären tragisch. Hat nicht ein Abschied, eine Trennung wenigstens die Entschiedenheit für sich, die Radikalität eines Abbruchs. Und ist solche Endgültigkeit nur ein Nachteil? Eine Tür fällt ins Schloss und sperrt das Vergangene aus. Doch was bedeutet das alles gegenüber der Ungewissheit und Verlorenheit der Ankünfte, die mich dem Zufall einer Stimmung, eines Blicks ausliefern, der über mein Schicksal entscheiden wird? Wenn der Abschied ein hinter mir sich schließendes Zimmer ist, dann erstreckt sich die Ankunft wie ein vages und offenes Gelände vor mir voll Zufälligkeit und Schmerz, ein weites Gebiet, das für den Tod wie für die Freude in gleicher Weise offen steht.

Als wir am frühen Morgen hier ankamen, waren die Bistros noch geschlossen. Nackt und feucht zogen die Straßen sich in der Morgenfrühe von der Gare du Nord aus in alle Richtungen, auf einen weiten regnerischen Himmel zu mit lang gestreckten Wolken zwischen den fernen Dächern. Aus dem Zug gestiegen, ließen wir uns an einem der Tische am Rand der Bahnhofshalle nieder, ohne Eile. Als wäre dies das wirkliche Abenteuer der Ankunft – keine Pläne, keine Suche nach einer Unterkunft, keine Gänge in der fremden Stadt, kein Versuch, sich einzurichten.

Acht war wieder in eine gewisse Starre, in eine Abwesenheit verfallen, die ich schon an ihr kannte. Ihre ganze Erscheinung drückte etwas fast Aufgelöstes, kaum Greifbares, Flüchtiges aus, etwas, das merkwürdig in diese brodelnde Halle mit den wartenden Zügen passte. Zwischen uns eine Schicht von Dunst, ihre Haut dahinter sah fleckig aus, der Umriss ihrer Gestalt zerfließend.

Ich dachte mir die nächsten Tage: nächtliche Wanderung unter offenem Himmel, *Place des Vosges, Brasserie Bonaparte*, abgebrochene Wasserspeier, schaukelnde Ohrringe, die Mansart-Dächer über den weiten Seineufern, Calvados, Kir, Pastis, dünne Schuhsohlen, springend über den Fluss und die Brückenbögen, feuchtes Rascheln des Laubs in den schäbigen Seitenstraßen um die Bastille, weite Badezimmer mit kaputten Kränen, weiche Schenkel, das Schweigen der nachts von bläulichen Scheinwerfern angestrahlten Conciergerie, noch warm aus dem Bett *Puvis de Chavannes* am Mittag im Pantheon, hallendes Trippeln der Absätze, *Jardin du Luxembourg*, geleerte Brunnen, springender Frost am Steinbecken, Sauvignon im *Sélect*, gesprungenes Leder.

Draußen fielen ein paar Schneeflocken zwischen die Fußgänger auf das Pflaster, während wir verschlafen Flasche um Flasche leerten. Aus einem Nebenraum brannte das Klicken von Billardkugeln in unseren schweren Kopf, gleichgültig ließen wir alles vorüberstreichen.

Pendelnd bewegten sich die Glastüren an der Front des Bahnhofsgebäudes zur Straße hin, wo die Taxis standen, hin und her …, hin und her …, etwas wuchs in den Zustand übernächtigter Schläfrigkeit, glitt mir ins dösende Gehirn ..., ich fuhr mit den Augen absichtslos der Spur dieses Hin- und Herschwingens nach ..., bis ich schlagartig empfand, dass die monotone Bewegung dieses Pendelns dem gleichen Gesetz der Wiederholung zu gehorchen schien, das auch den Ablauf unserer Lust bestimmte.

Eine Stunde später öffnete das *Bistro 1925* auf der anderen Seite der Straße, und wir wechselten dorthin. Unter den roten Markisen wurden auf dem frisch gesprengten Bürgersteig Körbe aufgestellt mit Muscheln, Austern, Garnelen, Langusten, Krebsen.

Es gab Hotels hier um die Gare du Nord – aus den Ritzen der verwitterten Fassaden drangen faulige Gerüche –, und auch da würden wir vielleicht an einem ungewissen Tag landen. Kein Mensch regte sich im Eingang, hinter einem Fenster. Man hätte denken können, diese Hotels lägen, zum Abriss bestimmt, längst ausgeräumt. Es war die Lautlosigkeit dieser Gebäude, das kaputte Leuchtschild mit dem Namenszug des Hotels, das den Eindruck von verlassenen Häusern hervorrief. Doch dann sah man einen vorgezogenen Vorhang sich hinter einer dreckverkrusteten Fensterscheibe bewegen und ahnte eine Gestalt dahinter – da vermutete man plötzlich in jedem Stockwerk, in jedem Zimmer eine einsame Gestalt, die während des Tages schlief. Die vielleicht gegen Abend aus dem Zimmer kroch und einem zweifelhaften Gelderwerb nachging.

An diesem Morgen hatte die Verlassenheit der Großstadt nicht einmal den schäbigen Glanz der nächtlichen Verlorenheit, den Glanz jener Stunde, wenn alle Lokale kurz vor dem Morgengrauen schließen. Eine Hauptstadt Europas? Eine Geröllhalde.

Schwarz, verbrannt, bitter schmeckte der erste Kaffee. Langsam wurde alles deutlicher, die Häuser, die Gesichter, die Meeresfrüchte, die Gerüche. Wir würden uns ein Zimmer nehmen in einem Hotel, das ich kannte, ja, das war das Richtige, in der Rue des Saints-Pères. Wir würden dort leben wie immer, hinter zugezogenen Vorhängen, mit Koffern, aus denen schmutzige Wäsche quoll, auf deren Grund meine unbeschriebenen Notizblöcke verschimmelten, mit angebrochenen Flaschen, mit dem Geschrei der anderen Hotelinsassen, das durch die dünnen Wände dringt, mit Ungeziefer, mit der mickrigen Beleuchtung von zwei Wandlampen, dem Bidet, in dem sich der Abfall sammelt, und warten.

Im Rinnstein stand ein abgemagerter Hund. Zitternd vor Gier, würgte er an einem Fischskelett, der Kopf mit den Kiemen stak fest im Schlund, und das weiße dünne Gerippe streckte sich aus dem Gebiss in die Luft. Der Hund würgte und würgte. Ein Zischen, ein Röcheln, ein Krächzen stieg aus dem Schlund. Dicht nebeneinander gab es zwei Farbstufen von Rot: das sanfte Rot der Markisen und das schreiende Rot um die hervorquellenden, blutunterlaufenen Augen des Hundes.

Mit raschem Schritt bewegte sich Acht auf das Tier zu. Schleuderte es, das Fell im Nacken mit erstaunlicher Kraft packend, vor die Räder eines Autobusses in den beginnenden dichten Verkehr auf der Straße vor dem Bahnhofsgebäude. Ohne dass im Folgenden quietschend die Räder stillgestanden hätten über dem toten Kadaver.

Wie sie so stand, ein Bein auf den Bürgersteig gestemmt und eins im Rinnstein …, schien es, als spalte sich dieser Fuß im Rinnstein, diese Hand in der Geste des Fortschleuderns ab von ihrem Körper. Sosehr ich mich auch bemüht hatte, ein festes, geschlossenes Bild von ihr zu bekommen, immer wieder entglitt mir ein Teil und führte unter meinen Augen ein selbstständiges Leben, Beziehungen eingehend mit anderen Dingen – mit einem Hund, einem Fisch, einer roten Markise –, aus den Anordnungen weichend, die mein planender Verstand zuvor für sie festgelegt hatte.

Was gerade hier geschah ..., das Wegschleudern des Hundekörpers im Krampf des Erstickens ..., ohne jede Vorbereitung war sie vom Tisch aufgesprungen, schien mir wie ein Anfall von Gelächter. Und auf ihrem Gesicht tauchte jetzt eine Schläfrigkeit auf, jene wunderbare Leere, in der ich immer den Anfang der Erfahrung vermutet hatte.

III

Ich bin allein. Es ist Nacht. Ich gehe unter den Arkaden der Rue de Rivoli. Die Stadt ist menschenleer. Eine lange Front von Glasfenstern an der Häuserwand unter den Arkaden liegt in grellem Licht. Dahinter leere Tische, Stühle, Theken, strahlend erleuchtet die nächtliche Öde der Cafés. Ich starre zwischen den Säulenbögen zur Front des Eisengitters auf der anderen Seite der Straße, das die Tuileriengärten eingrenzt. Völlige Dunkelheit. Plötzlich ein Brand im Hintergrund des Parks. Die Flammen verschlingen das Schloss. Auf den spitzen Lanzetten des Eisenzauns stecken jetzt aufgespießt Köpfe von Menschen. Sonderbar das Grinsen in den fast noch lebendigen Gesichtern im zuckenden Schein der Feuer. Langsam rollen schwarze Limousinen vor dem Hintergrund der Flammen die Straße hinunter zum Platz. Langsam, ruhig, mit tiefen, schattigen Innenräumen. Augenblicklich wachsen die Lanzettenstäbe, bäumen sich weiß glühend auf und brennen sich im Fallen mit langen Streifen tief in meine Haut.

Ich lag im Hotel hinter geschlossenen Vorhängen. Knarrend ging langsam eine Tür auf. Ich öffnete die Augen. Es war die Tür des Spiegelschranks, der dem Bett gegenüberstand. Außer dem Bett und dem Schrank befanden sich noch ein Tisch und zwei rohe Holzstühle in dem Raum.

Als sei sie gerade aus dem Schrank gestiegen, drückte Acht die Tür mit dem Spiegel hinter sich zu. Sie trug ein schwarzes Kleid aus billiger glänzender Kunstseide mit einem gestärkten weißen, runden Halskragen und langen, bis zu den Händen heruntergeknöpften Ärmeln. Sie stellte sich am Fußende des Bettes auf, ihr Gesicht wirkte ausgeruht wie nach langem Schlaf. Das Haar hochgekämmt. Da sah ich im Spiegel, dass dem Kleid auf der Rückseite der Stoff fehlte, wie eine Kittelschürze wurde es nur in der Taille von einem Gürtel zusammengehalten. In der Dämmerung des Zimmers presste dieser eng geschnürte Gürtel ihren Hintern heraus, klein und fest und mit tiefer Furche erschien er im Spiegel.

Acht drückte und rieb ihre Hinterbacken an dem Schrank, keuchend, ich selbst …, sich steigernde Erregung …, diese merkwürdige Mischung aus der glatten, so angezogenen Vorderseite und der zuckenden, so entblößten Rückseite …, dieses Bild des nackten Hinterns unter dem Gürtel …, spritzte schließlich gegen die Bettdecke.

Acht war erschöpft auf dem Fußboden zusammengesunken, der Spiegel ohne Spur. (War nicht die ganze Geschichte von Acht von Anfang an in Bilder gedrückt, buchstäblich *hinter Glas*?)

Plötzlich fühlte ich mich so ausgelaugt, als leerte ich mich wie ein Eimer, durch dessen löchrigen Boden das Wasser absickerte.

Acht war vom Boden aufgestanden und hatte, die Tür zum Gang öffnend, das Tablett mit unserem Frühstück ins Zimmer geholt. Das Tablett in den Armen haltend, hatte sie sich rückwärts bewegt, die Tür mit einem Stoß ihres Fußes wieder schließend. Sie setzte mir alles ins Bett, den dampfenden schwarzen Kaffee, die weißen, dickwandigen Tassen, die heiße Milch, die fettigen Croissants.

Dann nahm sie Platz auf dem Stuhl vor der kahlen Wand, wie in einem Wartezimmer. Ihr Verhalten war von hervorstechender Freundlichkeit, als wäre sie wirklich ein Zimmermädchen, wie ihre Uniform fast denken ließ.

In den Ecken liefen an den Wänden die nackten Rohre von der Decke durch den Fußboden, die Wände waren schief mit verschiedenen Tapeten beklebt, das war hier in allen Zimmern so. Das Hotel war seit Monaten abbruchreif, doch die Behörden schienen es vergessen zu haben. Ein sich langsam auflösendes Gebäude mit verwinkelten düsteren Fluren. Am Ende der abschüssigen Gänge leuchtete nur eine dämmrige Notleuchte über einer Tür. Unbeleuchtet wanden die Treppen sich durch das Haus von Stockwerk zu Stockwerk. Im ersten Stock waren sie noch mit einem längst fadenscheinigen Läufer belegt, das musste als Aushängeschild genügen, höher nach oben ging es über die nackten Stufen mit ausgetretenen Kanten, so dass man sich einen besonderen Gang aneignen musste, um sie zu überwinden. Es gab noch unzählige Zimmer in den Nebengängen, und ging man draußen die Seitenstraße entlang, so rauschte immer irgendwo eine Wasserspülung durch ein gerade noch in den

Angeln hängendes Fenster. Verstopfte Abflüsse, fleckige Laken, aus den Wäschesäcken der Zimmermädchen quillend, wenn man im ständigen Halbdunkel der Gänge darüber stolperte. So abgeblättert die steilen Fassaden, dass der Name des Hotels nicht mehr zu lesen war.

Glanz nur hatten die Messingstangen an den Schwingtüren im Eingang. Eine Schwarze putzte sie gerade, als ich das Hotel verließ, eine Nordafrikanerin mit aufgetriebenem schwangerem Bauch, mit weißer Paste über das Metall reibend.

Ich kannte das Hotel von früher. Als ich das erste Mal in dieser Stadt angekommen war, war es Nacht. Eine Nacht im April. Ich raste mit dem Taxi über die nächtlichen Boulevards. Ausgeleuchtet vom Strahl der Straßenlaternen das helle Laub der Platanen, der graue Stein, die schmalen Fenster hinter den Balkongalerien, die einsamen Eisenstühle in den Parks, später das bläuliche Licht der zerfetzten Morgendämmerung …, alles vermischte sich im flirrenden Sog der Dämmerung, des Staubs auf den Straßen. Da hatte es einen Platz gegeben, einen schäbigen Platz in Montrouge, der, von Betonmauern umgeben, das abgerissenste Hotel auf dem Kontinent besaß und die traurigsten Gestalten, die in der Nacht da herumsaßen, auf einen Kunden warteten, einen Pernod nach dem anderen tranken und dumpf auf das Rangieren und Verladen auf dem Güterbahnhof jenseits der Mauer starrten.

Ich kannte, wie gesagt, das Hotel hier von früher. Ein fragwürdiger Boden, wie geschaffen für die Planlosigkeit unseres Aufenthalts. Schon hier, so weit entfernt von den Randzonen der Stadt, die sich von Minute zu Minute zu einem einzigen mit Menschen voll gestopften Flüchtlingslager ausweiteten, schon hier schnitt die Stadt auf die Knochen. Diese winzigen, von Abgasen und Auspufflärm überfüllten Straßen zwischen dem Odéon und der Seine – hierher konnte niemand kommen, um zu gaffen. Um ein Mekka der Schönheit von gestern ..., Parks, Ateliers, Bühnen zu stürmen wie ausgebeutete Goldminen. Das Viertel um St.-Séverin – die Menschenmassen wälzten sich durch die engen Straßen, in offenen Fenstern brieten und drehten sich ganze Schweine am Spieß. Türsteher klatschten in die Hände, um die Gäste anzulocken, ein fetttriefendes Lokal neben dem anderen, bunte Leuchtgirlanden und durchdringendes Gitarrengeplärr, eine gigantische Abfütterungsanstalt, eine barocke Schlächterei. Die Leute fraßen, als wehe in ihrem Rücken schon der Pesthauch. Mit fettverzücktem Gesicht fielen sie über alles her. So lange schon hatte die Gier dieser Menschenlawine an den Häusern gefressen, dass das Gewirr der engen Gassen im Schatten der Kirche nur noch abgenagtes Gerippe war.

Der Mythos dieser Stadt, war er nicht längst erkaltet wie Gesteinsschichten einer abgesunkenen Vorgeschichte? Doch ich hatte eine Schwäche für die großen, sich langsam in der Geschichte zersetzenden Metropolen und klammerte mich wie ein Ertrinkender an ihr gurgelndes Leben und ihre lächelnde, angenagte Schönheit, die gerade noch von einem untergehenden Lichtstreif der Revolution beleuchtet wurde. Und wenn ich vor dem Abendessen im *Sélect* gesessen hatte und mich betrank ... und die Fremden sah und das brüchige Leder der Sitzbank unter den Fingern spürte ..., dann war ich vielleicht auf der Suche gewesen nach den Spuren einer verschütteten Geschichte, in der die Seele als Widerstand noch existiert hatte, wissend, dass solche Suche nur Totgeburten hervorbrachte.

An diesem ersten Morgen, gerade hatte ich das Hotel verlassen und die putzende Gestalt am Eingang, ließ ich mich treiben. Von der Seine zog ein eiskalter Wind durch die Seitenstraßen herauf. Zerstreut streifte ich durch das Viertel, nur manchmal trieb plötzlich eine Erscheinung, eine Mauer, eine Lampe, ein Schild an einem Haus auf mich zu wie ein Schiff mit blutrot geblähten Segeln.

Noch in einiger Entfernung von der Rue de Buci spürte ich bereits den Geruch der Austern-, Gemüse- und Blumenstände, der frischen, im Rinnstein rieselnden Wasserbäche. Doch plötzlich wieder diese schwindelnde Angst, Angst wie eine Ausblendung, wie ein blinder Fleck saugte sie mich auf, trieb mich, getaucht in eine Nebelwand, zwischen den engen Hauswänden hin und her.

Ein paar Schritte vorher noch, als ich am *Angleterre* vorbeigegangen war und wie immer versucht hatte, einen Blick in die vor den Augen der Vorüberkommenden geschützte Halle zu werfen, hatte ich noch geglaubt, es gäbe hier wie in keiner anderen Stadt Orte, die alle Möglichkeiten, in den Dingen einen zurückgebliebenen Rest von Geheimnis aufzuspüren, begünstigten. Überfrachteter Traum.

Ein wenig später ..., die Gemüsestände waren schon in Hochbetrieb, kreuz und quer hatten die Autos auf den Bürgersteigen der Rue de Seine geparkt. Gedränge, mit lärmendem Hupen kämpften sich Lieferwagen mit Geflügel und Fleisch zum Markt an der Kreuzung durch.

Acht schlief noch, hinter den Vorhängen, in dem dämmrigen Zimmer.

Elf Uhr morgens, und das Geschrei drang durch die Straßen. Mit rasender Geschwindigkeit packten die Obsthändler ihre Waren aus, errichteten blitzschnell Pyramiden von Früchten auf den langen Tischen mitten auf der Straße. Trauben, Birnen, Äpfel, Feigen, sie schoben mit den Füßen Papiere und geleerte Kisten hinter sich in die Hauseingänge, während sie weiter auswickelten, aufstapelten. Daneben Pilze, Salate, Fenchel, Bohnen, Tomaten, Artischocken, Büschel von Kräutern, Dill, Zitronenmelisse, Estragon, Salbei, Thymian, wilde Kresse. Wie diese farbigen Türme und Teppiche in Windeseile vor den Augen der Käufer entstanden, als wäre es der Wurf einer einzigen Sekunde, der sie aus dem Nichts hervorholte, wachsen ließ und in der Luft ausrollte, und als genügte eine einzige Handbewegung, das alles auf einen Schlag wieder verschwinden zu lassen. Und als führten diese Händler ein geheimes Doppelleben, stand in der Luft der monotone und einsame Singsang, mit dem sie, wie ein Muezzin vom höchsten Turm die Stunde des Gebets verkündet, ihre Waren unablässig anpriesen, und dieser gleichförmige und ruhige Klang ihrer Stimmen stand in krassem Widerspruch zur hektischen Fingerfertigkeit und nicht abreißenden Bewegung, mit der ihre Hände zugleich – und diese Spaltung im Zugleich war es, die mich aus der Fassung brachte – agierten.

Ich kam am *Hôtel de Buci* vorüber. Auch dort hatte ich einmal gewohnt. Am frühen Morgen war ich geweckt worden vom Geräusch einzelner Lieferwagen, die die verpackten Waren auf dem Bürgersteig vor den Geschäften absetzten. Einzelne Stimmen, ein Pfeifen, der Knall einer zuschlagenden Tür, der Motor sprang an, die Räder setzten sich wieder in Bewegung. Wieder Stille. Etwas später kam die Müllabfuhr mit ihrer betäubenden Vernichtungsmaschinerie. Glas, Holz, Plastik, Stoff, Gemüseschalen, Kaffeesatz, leere Dosen, Asche, alles klirrte und knirschte durcheinander. Dann wieder Stille.

Meistens schlief ich noch einmal ein, und dann stieg auf einmal wie aus einem arabischen Basar das feilschende Gekreisch von unten herauf, drang durch die roten Vorhänge in meinen Schlaf, lange bevor ich wach war, und in meinem Dämmerzustand vermischte sich dieser Singsang für lange Zeit mit dem schwachen Licht dieser Stunde, das, dank der schreienden Theaterfarbe der Vorhänge, das ganze Zimmer in ein rotes Bad tauchte.

Alles drängte sich jetzt mit einer Baguette, mit Gemüse, einer frischen Ente unter dem Arm. Die Tür zum Hotel stand offen wie immer, auf dass die nächsten schäbigen Gestalten mit dem Novemberwind in den düsteren Gang hineingeweht würden.

Acht schlief sicher noch hinter geschlossenen Vorhängen. Ich kehrte um und ging zu ihr zurück.

Als ich die dämmrigen Treppen unseres Hotels hinaufstieg, erblickte ich plötzlich in einem fremden Zimmer ihre Gestalt, Verrichtungen ausführend, deren Sinn ich zunächst nicht erraten konnte. Dann hörte ich ein rasselndes Atmen. In der Ecke auf einem Divan lag eine alte Frau.

(Während meiner Abwesenheit, so hörte ich später, hatte die Hotelbesitzerin Acht zu Hilfe gerufen, sie gebeten, so lange am Krankenbett Wache zu halten, bis der Arzt eingetroffen wäre. Um diese Tageszeit hatten alle Gäste bereits das Hotel verlassen, und alle Zimmer waren leer.)

Die Fenster waren verhängt mit feuchten Tüchern. Acht, sich im Zimmer hin und her bewegend auf nackten Füßen, füllte eine flache Schüssel mit Wasser aus einem Kran in der Ecke am Fenster. In der Stille zwischen den Zimmerwänden knallte der Wasserstrahl hart gegen die Innenwand der Schüssel. Es pfiff, zischte aus dem faltigen trockenen Fleisch, schwammig aufgetrieben der Leib, im Fieber sabbernd der eingefallene Mund, und die fleischlosen Hände mit schwarzen Adern dicht unter der Haut zuckten über die

Decke. Acht, einen Lappen in die Schüssel tauchend, begann, der Alten den Schweiß von der Haut zu wischen, von den Schläfen über die Augenhöhlen, den alten Mund, den Hals, über die feuchten Handflächen streichend mit herausfordernder Langsamkeit.

Inzwischen war ich ins Zimmer getreten, hatte die Tür in meinem Rücken geschlossen. Eine unwiderstehliche Anziehung ging von dem Lager der Kranken aus. Von der Zeit war in diesem Raum nur noch das weiße Gerippe übrig. Jedem Augenblick war ein drückendes Gewicht auferlegt, unter dem er schrumpfte bis auf den Knochen …, während sich draußen die ganze Stadt ihren gewöhnlichen Geschäften und den Tafelfreuden des Mittags hingab.

Acht legte den schlaffen Schultern ein Tuch von roter Seide um, so dass der Stoff laut im Raum raschelte. So lag die alte Frau geschmückt und gewaschen in diesem sich bauschenden Rot. Unmerklich wurde da alles im Zimmer verrückt, verschob sich, rutschte, glitt hinüber in eine Theaterdekoration, als ob gleich ein Paukenschlag ertöne und sich vor den Kulissen ein Drama der Leidenschaft entfessle. In Wirklichkeit blieb alles still, nur das leise stockende Keuchen kam aus der Ecke. Aber der Geruch des Theaterhaften lag weiter in der Luft, und ich musste ein Lachen unterdrücken, als sei ein Riss durch das Zimmer gegangen und etwas Wirkliches und Ernsthaftes in theatralischen Pomp umgeschlagen.

Acht hatte sich, als die Alte eingeschlafen schien, einen Schal von (zufällig) ähnlichem Rot um den Hals geschlungen, ein merkwürdiges Doppelspiel treibend mit der Gestalt in der Ecke. Sich vor mich hockend, hatte sie mich in einen tiefen Sessel gedrückt, und in ihrem warmen Mund pochend, bis mich kaum noch etwas mit der Welt außerhalb dieses Zimmers verband, wurde die Luft dichter und dichter, und nur ein kaum hörbares Ringen nach Luft drang vom Divan her an mein Ohr.

Schließlich barsten dieses gehetzte Atmen und die Erregung in einem. Schlaff hing die Zunge der Toten aus ihrem Mundwinkel, und das weiche geschrumpfte Glied rutschte Acht aus dem Mund wie diese Zunge. Da fuhr der Anblick der Zunge in mich wie ein elektrischer Schlag. Als ob ich den Tod mit den Eingeweiden fühlen könnte, während er mir gleichzeitig von außen, von Angesicht zu Angesicht entgegentrat.

Als ich zu mir kam, fand ich mich in unserem Zimmer wieder. Die Stimmung hatte gewechselt, der Himmel draußen war aufgerissen und zwielichtig und färbte das Zimmer mit einem Licht wie nach einem Gewitter. Ein leichter Durchzug bewegte die Vorhänge, dann rauschte für einen Moment ein warmer Regen nieder, und der Wind danach wurde kühler. In meinem Kopf hockte eine dumpfe Betäubung, als säße ich vor den Resten auf einem angegessenen Teller in einer leeren Wohnung am Wochenende.

Als ich nebenan ein leises Plätschern hörte, stand ich auf und ging dorthin. Lehnte mich in den Türrahmen. Spiegel und Wände waren beschlagen von heißem Dampf. Ich war noch so benommen, dass sich einen Augenblick lang ein Gewirr von Gegenständen ineinander schob, das weiße Porzellan des Beckens, die Schminktöpfe, die Gliederstücke im Wasser zwischen Ketten und Kränen, die sich wie Fleischerhaken bogen.

Unruhig spiegelnd schwappte die Oberfläche des Wassers in der Wanne. Ich setzte mich auf einen Hocker und betrachtete diesen vom Wasser zerlegten Körper von Acht, die zwei Kniescheiben, eine Brustwarze, von der das Wasser tropfte, ein angewinkelter Schenkel. Es kam mir vor, als setzten sich diese Körperteile wie unvollständige Stücke meiner Erinnerung zusammen, so, als hätten die Ereignisse dieses Nachmittags sie zerlegt und wieder so zusammengesetzt, dass einige Teile fehlten.

IV

Man müsste in eine Stadt eindringen können wie in einen lebendigen Körper. Dem Gefühl enttäuschter Erwartung, der Fremdheit entkommen, wie ich sie empfunden hatte an einem Novembermorgen zwei Jahre früher, als ich an einem Samstag aus der Gare de Lyon kam, wo ich mir in der auch am Wochenende geöffneten Wechselstube Geld besorgt hatte. Über das Pflaster dieser Stadt gehend, hätte ich glücklich sein müssen, ein später Herbstmorgen, frostig und grau, ich erinnerte mich, die erste schneidende Kälte und gegen Mittag aufklarende, sich verdünnende Luft, und bereits Wochenendstille in der Gegend zwischen dem Bahnhof und der Bastille, geschlossene Bistros und kein Mensch auf der Straße. Diese plötzliche Weite und Leere der Straßen, die Verlassenheit eines Toreingangs, einer Fabrikmauer, ich ging, den Mantelkragen hochgeschlagen, durch die Rue de Lyon und kam an die Avenue Daumesnil (gewöhnlich der Sammelplatz für die Arbeitslosen, für Diebe, Hehler, Dealer, Schläger und Prostituierte), umgeben von schweigenden grauen Steinmassen, zu mächtigen Mauerwänden geschlossenen Häuserzeilen, ich hätte glücklich sein müssen, gehend im Eingeweide der Stadt, eintauchend in jenen Gegenstand, dessen Anziehungskraft niemals nachgelassen hatte, doch im Gehen spürte ich zugleich mit dem Schwindel der Begeisterung, unbestimmt wie einen nicht zu lokalisierenden flüchtig-nachhaltigen Schmerz, die Ferne der Dinge, ihre Unberührbarkeit.

Wohin ich auch sah, es gab nur diese glitzernde Weite. In nichts unterschieden sich Wände, Decken, Böden. Es gab nichts anderes, keine Farben, keine Risse in den Wänden, kein Zeichen von Lebendigkeit, nichts als diese nagelneue Glätte, als das sterile Glänzen von Leichtmetall in einer schalldichten unterirdischen Architektur. Geschlossene Hallen, der Zutritt bewacht von Automaten mit aufblinkenden Knöpfen und Zahlentafeln, Signale aussendend, die ich nicht verstand.

Plötzlich hatte ich eine Vision, Vision von frischem, blutigem Rot ..., so, wie es wäre, wenn dieses geruch- und fleischlose Labyrinth, von der alten Erde verschluckt, verschwände und an seiner Stelle aus der Tiefe die alten Hallen wieder auferständen, als hätten sich im Nu die einst im Prozess der Zerstörung von Schaufelbaggern, Planierraupen und Baukränen in die Erde gewalzten gesplitterten Reste wieder zusammengesetzt und im Schatten von St-Eustache kehre die Unordnung, Sinnlichkeit, ein stinkendes Gewimmel von Händlern, Huren und Dieben zurück. Eine orgiastische Farbe, dieses helle Rot, das Rot im blutigen Fleisch von geschlachteten Rindern, durch das sich die rohen weißen Sehnen ziehen. Da hingen sie jetzt an ihren Haken von der Decke herab, ein unheimlicher Wald von noch ungehäuteten Kadavern ..., auf den Tischplatten Kalbsköpfe mit glasigen Augäpfeln ..., alles mischte sich auf dem schlammigen Pflaster, im Rinnstein ..., schleimige Innereien, Abfälle von zerdrücktem, welkem und fauligem Gemüse und Obst, Knoblauch- und Blutgeruch, hundert Gerüche von Frischem und Abgestandenem, von Scharfem und Süßem, und dazwischen der Geruch des frühen Tages, der in der Luft um fünf Uhr morgens hing, wenn verkaterte Typen über den Abfall stiegen und am Rand der Stände eine heiße Fischsuppe schlürften.

Jetzt lagen die Hallen leblos, obwohl sie von Menschen wimmelten. Schweigende Massen durchquerten sie, Somnambule, die, von einem unsichtbaren Mechanismus getrieben, hastig ein fernes Ziel verfolgten. Kilometerlange Förderbänder trugen die Menge quer durch die Säle. Stumme Reglosigkeit, mit der die Gestalten auf den Bändern aneinander in entgegengesetzter Richtung vorüberfuhren, ohne einander anzusehen. Als sei hier unten längst ein anderes Zeitalter angebrochen, nachdem die Götter, die Revolutionen, die Erfindungen abgedankt hatten, das Zeitalter einer automatisierten Überlebenstaktik. Niemals würde einer mehr schreiben, dass es zuweilen nichts anderes als eine zufällige und belanglose Erscheinung – wie das plötzliche Leuchten von schwarz-weißen Fliesen in einem fremden Toreingang, ein Boden, der sich wie dunkles Wasser, wie ein blühendes Kornfeld wellte – war, die ihn am Selbstmord hinderte, solche Geheimnisse konnten hier niemandem mehr das Leben retten.

Wir waren hierher gekommen, um einen Rock zu kaufen, einen Rock für Acht, und kreisten mit den sich schiebenden Massen in den unteren überfüllten, von Musik überfluteten Gängen der Hallen. Alles fand auf engstem Raum statt, die aneinander gereihten Geschäfte waren winzige Verschläge, das künstliche Licht versengte die Luft mit einer trockenen Hitze.

Dann hatten wir uns für irgendeinen der kleinen Läden entschieden. Hochgeschminkt standen Verkäuferinnen reglos herum. Acht suchte an der Kleiderstange. Eine Verkäuferin brachte, aus einer Tür in der hinteren Wand kommend, mehrere Röcke über dem Arm. Die Tür blieb einen Spalt offen. Ich sah, von dort stürzte eine enge Treppe in die Tiefe, wo sich eine Art Warenlager befand, Regale, Gestänge, gefüllt mit Dutzenden von gleichen Kleidern, Mänteln, Hosen, Röcken, Jacken. Dazwischen türmten sich überquellende Müllbeutel aus grauem Plastik. Nun sah ich das (Acht verschwand in einer Kabine, der Vorhang schloss nicht ganz, und der Spalt bewegte sich leise): Auf der Treppe hinter dem Ladenraum lagen Haufen von toten Käfern, vielleicht angelockt vom Müll in den Säcken, mussten sie in der Nacht dort verendet sein unter dem Summen der Notbeleuchtung. Zwischen den Käfern hockten einige Verkäuferinnen auf den Stufen, alle in die Modelle des Hauses gekleidet, das war wohl Vorschrift hier, die Beine auf hohen Absätzen angewinkelt wie Zangen, verschlangen sie hastig ein Mittagsgericht aus Papptellern. Ohne zu sprechen, ohne den Blick zu heben, fuhren sie pausenlos mit der Gabel in den Mund.

Durch den Vorhangschlitz sah ich Acht vor dem Spiegel. Sie stand mit nackten Brüsten und nackten Beinen und probierte einen schlauchengen Rock an.

Ich spürte eine fiebrige Nervosität im Raum. Das Stehen in der Hitze, viele Stunden lang, musste die Körper der Mädchen einschnüren, die Füße anschwillen lassen. Trotz der Anstrengung lächelten sie. Ihre Geschlechtlichkeit verschwand hinter der sorgfältigen Aufmachung, eine militärische Schönheit. Achts Bewegungen vor dem Spiegel, ihr halb nackter Körper, ihr ungeschminktes Gesicht, ihr ungekämmtes Haar wirkten in dieser Umgebung fehl am Platz.

Die Tür ging auf, und eine neue Käuferin kam herein. Sofort war das nächste Mädchen am Werk, verschiedene Stoffe durch die Finger gleiten lassend, sie im Licht hin und her wendend, etwas in dem monotonen, drängenden und besänftigenden Tonfall anpreisend, mit dem gewöhnlich Krankenschwestern ihre Patienten überreden.

Endlich kam Acht aus der Kabine, und wir machten, dass wir aus der stickigen Luft herauskamen. Je höher wir kamen, von Stockwerk zu Stockwerk, desto heller und luftiger wurden die Gänge. Schließlich, zu ebener Erde, streckten sie sich in gläsernen Röhren gleich Glaswällen ringförmig um einen freien Platz. Auf diesem Terrain drängte sich niemand. Die Fächer der Regale quollen nicht über. Das Licht, die Musik strömte hinter stoffbespannten Wänden unaufdringlich aus dem Verborgenen. Ein Flakon, ein Schminktiegel, ein Schuh, ein Armband prangten einsam wie Statuen in den Fenstern.

V

Im Moment, als ich in die Arkaden des Palais Royal einbog, entzündete das untergehende Licht, in den hohen Fensterscheiben über den Galerien flammend wie in weiten Seen, hin- und hergeworfen zwischen den einander gegenüberliegenden Gebäuden, den weiten Platz.

Leer und kalt lag dagegen der Kies unter den Bäumen. Die Stille war so groß, dass der ganze Platz, die Bäume und Springbrunnen, jetzt jene glasklare Dinglichkeit annahmen, in der das Beiläufige seine Falltüren öffnet und sich die alltäglichen Erscheinungen in Albträume verwandeln. Sehr schnell brach dann die Dunkelheit herein, und unter den

Arkaden wurde es so pechschwarz, so dicht hockte die Finsternis zwischen den Pfeilern, dass ich, den Atem anhaltend, stehen blieb und mich, vorsichtig horchend, umdrehte.

Da näherte sich mit raschem Schritt das Geklapper von dünnen Absätzen, ab und zu stolpernd über die unregelmäßig verfugten Steinquader des Bodens, glitt vorüber, ein Luftzug streifte mich, der Schritt hielt ein Stück von mir entfernt im Dunkeln, dann hörte ich ein leises Klingeln, wie das einer Glocke beim Öffnen einer Ladentür.

Kurz zuvor hatte ich gehört, wie in den meisten Geschäften der Galerie Montpensier die Auslagen hinter Eisengittern verschlossen wurden. Ein spärliches Licht breitete sich vom Innern der Ladenräume durch die Schaufenster nach draußen aus, dämmerte irrlichtig über dem Moos zwischen den weißen Steinen im langen Gang.

Ein Stück weiter entdeckte ich ein noch unverschlossenes Schaufenster. Hinter der Scheibe standen zwei einzelne, mit rotem Stoff überzogene Louis-Quinze-Sessel, sie waren vor einem hohen Paravent aus brüchigem schwarzem Leder aufgestellt, der den Einblick in die tiefer gelegenen Räume versperrte. Da sah ich in einem an der seitlichen Wand aufgehängten Spiegel in dem hinter dem Paravent gelegenen Raum im Halbdunkel die Gestalt von Acht stehen, den Rücken zur Eingangstür gewandt, als hätte sie gerade eben den Laden betreten. Sie trug ein eng gearbeitetes Kostüm mit geradem Rock und kurzem Jäckchen, das in der Taille und über den Hüften wie eine Haut anlag. Dies Kleid kannte ich nicht an ihr, sie wirkte fremd darin und plötzlich älter.

In dem ganzen Raum standen nur wenige Ausstellungsstücke, doch eine in die Rückwand eingelassene, offen stehende Tür gab den Blick frei in einen kleinen Hinterraum, wo bis zur Decke übereinander gestapelt sich ein Durcheinander von Möbeln türmte. Die dem Spiegel gegenüberliegende Wand war fast ganz verkleidet mit einer teilweise schadhaften Tapisserie mit dem Ausschnitt einer Jagdszene. In dem Spiegel erschien es so, als ob die davor stehende Acht, in das Blaugrün des Wandteppichs eingewebt, verschwände zwischen Hirschen, Pfauen, Springbrunnen, zwischen den Baumkronen in der Tiefe eines königlichen Waldes. Was aber den eigentlichen Anziehungspunkt des ganzen Raumes bildete, war ein in seiner Mitte freistehender Tisch aus hellem Holz mit geschweiften Beinen. Ich wusste nicht, waren es diese überaus leichten Beine, war es, dass diese große polierte Fläche der Tischplatte so glänzend schimmerte durch den abgedunkelten Raum, es ging etwas Beunruhigendes aus von dem Tisch.

Kurz darauf war Acht an den Tisch getreten, fremde Hände hatten ihr den Rock, unter dem sie nichts trug, von den Hüften gezerrt, man breitete ihr die Arme quer über den Tisch, ungeachtet der Tatsache, dass ihr Oberkörper vollständig bekleidet blieb in dem kurzen Jäckchen aus grauem Stoff, und schnallte sie an den weit auseinander liegenden Ecken an den Handgelenken fest mittels eines Paares dünner Lederriemen, die um die Enden der Tischbeine geschlungen waren. Ich sah noch, wie die Riemen wieder aufgeschnallt wurden, gelockert, und dann plötzlich so festgeschnallt, dass ich einen Aufschrei zu hören meinte, sehe den kleinen Dorn sich aufrichten und ins engste Loch stoßen, die winzige goldene Schnalle, die einen Abdruck hinterlassen würde auf der Haut.

Die Brüste lagen eng an der Tischplatte, vornüber verschwand der Kopf in der Masse herabfallenden Haars, ein Leib, als trüge er keinen Kopf, und vor dem Tisch waren parallel die Beine auf hohen Absätzen ganz eng nebeneinander gestellt, dass unter der Kruppe des geschlossenen Hinterns das Loch unsichtbar verschwand. Eine Zunge, fremd und anonym wie die Hände, deren Eigentümer ich im Spiegel nicht sehen konnte, machte sich an ihr zu schaffen. Glitt, am Rand der Schuhe beginnend, um die Knöchel der Fußgelenke kreisend, langsam die Innenseite der Waden hoch, in der Kniekehle verschwindend mit leckendem Kitzel, so lang, bis ich dem krampfhaften Öffnen und Schließen der gefesselten Hände entnahm, dass sie die Gewalt über sich verloren.

Da schnallte man sie los, legte sie nun mit weit gespreizten Schenkeln über den Tisch, dass der Rumpf von der Platte herab zu Boden hing, fesselte die angewinkelten gekrümmten Beine um die Fußgelenke an die Füße des Tisches. Eine Weile blieb sie so liegen, mit glasig verdrehten Augen einen unsichtbaren Punkt im Raum fixierend.

Was hatte sie dazu getrieben, sich unter einem Vorwand von mir zu trennen und, im Gewimmel der Straßen untertauchend, diese geheimnisvolle Verabredung einzuhalten? Unglaublich, dass sie vielleicht den ganzen Tag, während sie mit mir ziellos durch die Straßen geschlendert war, in Wirklichkeit nur besessen war von der Vorstellung dieses Tisches, der im Halbdunkel hier auf sie wartete.

Noch stand ich unter den dunklen Arkaden, mit dem Gefühl einer kalten Beobachtungsfreude den Anblick dieses halb entkleideten Körpers genießend – ein für Herumstreunende ausgelegter Köder –, als sie plötzlich kurz vor der Tür stand, im Begriff, den Laden zu verlassen. Offenbar hatte ich überm gebannten Hinstarren übersehen, wie die Hände sie losgeschnallt hatten vom Tisch, auf die Füße gestellt, den Rock über die Beine, den Arsch gestreift und in der

Taille geschlossen, das Haar aufgesteckt, hochgeschlagen über breite Kämme. Jetzt, da sie den Türgriff schon in der Hand hielt, jener Hand, die soeben noch die dünnen Riemen aus Leder gefühlt hatte, jetzt also sah ich, dass eine fremde Frau da auf mich zukam. Nicht Acht. Nicht einmal eine Doppelgängerin. Stattdessen stand plötzlich die richtige Acht neben mir, von der ich mich am Boulevard des Capucines getrennt hatte und die auf dem Weg zur Galerie Vivienne, wo wir einen Treffpunkt vereinbart hatten, zufällig hier vorüberkam.

Ich war völlig verwirrt. Entsprach das, was ich gerade in dem Wandspiegel gesehen zu haben glaubte, der Wirklichkeit – oder war es, und eine Reihe unerklärlicher Momente sprach dafür, nichts als die Ausgeburt einer überreizten Fantasie, vermischt mit den Bruchstücken einer vergessenen Geschichte, die mir seit langem entfallen war? War es so, dass ich, diesen Tisch halluzinierend, endlich hierhin gelangt war, um –

In der anhaltenden Stille hatte über dem ganzen Platz plötzlich die Atmosphäre eines Richtplatzes gelegen, wie geschaffen für die Vollstreckung eines Urteils, das ich vielleicht von Anfang an als Höhepunkt der Geschichte herbeigewünscht hatte.

Und welche Rolle spielte der Tisch? Der nichts anderes war als ein gewöhnlicher Tisch und doch, plötzlich das düstere Aussehen einer Hinrichtungsmaschine annehmend, zu keinem anderen Zweck dort zu stehen schien, als um Acht in ein stummes Requisit zu verwandeln … (in ein Gesicht mit ausradiertem Mund) … und verschwinden zu lassen im sprachlosen Bild ihres Körpers.

Ich sah Acht von der Seite an und war von neuem verwirrt. Irrtum, dass sie bloß eine Figur meiner Vorstellungen war, weiter als innerhalb der Grenzen meiner Fantasie reichte die Unterwerfung nicht aus ..., in Wirklichkeit hatte sie sich meinem Einfluss immer entzogen ..., ich sah sie an, auch ihr Gesicht war zweideutig. Von vorn dies Statuengesicht, und von der Seite ... bekam ihr Profil etwas Lüsternes, Maliziöses. (Meine Gewissheit entglitt mir von Minute zu Minute.)

Wieder kam ein Erschrecken angesichts des schweigsamen Platzes. Endlos liefen die Arkaden in ihrem Viereck, und das sanfte Licht der Laternen in ihren Bögen schaukelte wie Irrlicht über Sümpfen.

VI

Es war ein Haus an der Ecke Boulevard Edgar Quinet und Rue de la Gaité, in das wir inzwischen umgezogen waren. Einer von Achts weitläufigen Freunden war für einige Monate nach New York gegangen und hatte uns seine Wohnung überlassen. Aus der Küche heraus blickte man auf die schattige Akazienallee in der Mitte des Boulevards (diese Illusion von Licht und Stille, die man bei ihrem Anblick mitten in der verpesteten Luft einsog), und aus allen Fenstern des Hauptraums sah man auf das trübselige Licht und heruntergekommene Tagesgesicht einer Straße, der es nicht einmal mehr bei Nacht gelang, den Eindruck von Traurigkeit, Armut und Verlassenheit zu verwischen und, wenn die knallbunten Leuchtreklamen vor den Tanzlokalen und Kabaretts über die Häuser zuckten, für die hier herumstreunenden Opfer von Strichern und Fixern jene Illusion von Hektik und Glanz, den abenteuerlichen Schein des Nachtlebens zu erwecken.

Dienstags und freitags verließ Acht für ein paar Stunden die Wohnung. Sie arbeitete als Dolmetscherin bei der Unesco. (Man bezahlte das gut, und wir schwammen im Geld.)

Es war merkwürdig, dass ausgerechnet ihr Mund das Werkzeug ihrer Arbeit war. Wenn ich allein war, stellte ich mir vor, wie sie, die Schweigsame, in ihrer Kabine saß, den Kopfhörer über den Ohren, und ich dachte daran, wie sich ihr Mund unaufhörlich bewegte, Laute formte, sich zum O rundete … In den Stunden ihrer Abwesenheit stellte ich mir das immer wieder vor, und es regte mich auf, wenn ich dann an ihr dunkles Mundinneres dachte, die speichelfeuchte Höhle … Wenn sie zurückkam und sich wortlos und erschöpft auf dem Bett unter dem Fenster ausstreckte, betrachtete ich heimlich ihren geschlossenen Mund. Als verberge sie etwas vor mir, und als wartete ich auf den Augenblick, in dem ich entdeckte, was es war.

Ein sonniger Morgen, ich saß in der Küche, und das scharfe Licht leuchtete die Spuren unseres Nomadenlebens aus, die bräunlichen Dreckkrusten um die Herdringe, die welken Zwiebelschalen auf dem Fußboden, die fettigen angetrockneten Tomatenflecken und Essensreste auf der Tischplatte, das alles stach in die Augen.

In der Nacht hatte mir Acht von einem gewissen S. erzählt, mit dem sie eine Zeit lang befreundet war, den sie vielleicht geliebt hatte.

Es war im Sommer gewesen, einem im Norden verregneten Sommer.

Sie lebte schon in jenem Haus, in das ich sie anfangs hatte gehen sehen, mit jenem Mann, dem das Haus gehörte.

Es hatte eine Reihe heimlicher Zusammenkünfte gegeben. Eines Tages, auf der Rückfahrt …, sie waren in den Bergen gewesen …, geschah es, dass jenes lastende Gewicht ihrer Begegnungen, ihres Betrugs plötzlich verschwand.

Sie hatte in die Wolken geblickt …, in die Wolken …, sich ganz dem Schwindel überlassend, den die rasende Fahrt unter den Bäumen in ihr auslöste. (Das Verdeck war offen.) Das helle Laub einer Platanenallee stürzte über sie weg, während das tiefere Licht des Spätnachmittags über ihr in den Blättern kreiste.

Eine Sekunde lang hatte sie sich so sehr dem Rausch dieser Fahrt und der herzzerreißenden Gegenwart ihres Freundes überlassen, dass es ihr gleichgültig schien, ob sie im nächsten Augenblick gegen die Bäume rasten.

Fast wünschte sie es, den Wind in den Ohren, im Haar. Aufmerksam hatte ich ihrer Erzählung zugehört. (Sie kauerte auf dem Bett, blickte vor sich hin, diese dünnen Augenlider spätnachts, das Eis im Glas war geschmolzen.)

Ihre Erzählung …, zeigte sie mir doch, wie weit sie gehen konnte …, sich einem Leben überlassen …, das in gewissen Augenblicken seine berauschende Kehrseite, das Phantom der Freiheit aufblitzen ließ.

Plötzlich hatte sie mit verknittertem Gesicht im Türrahmen gestanden und gegähnt und sich gereckt, frierend in ihrem dünnen Nachthemd. Und draußen schien noch immer die gelbe, kalte und stumpfe Wintersonne.

Ein paar Minuten später rannten wir die Treppen hinunter in den Metroschacht. Es war ein Donnerstag, ich erinnere mich genau, einer jener plötzlich strahlenden Tage, an denen im spiegelnden Licht alle Straßen wie leer gefegt schienen.

Eine Weile liefen wir quer durch den Bois de Boulogne.

Es schien, an der Porte Dauphine hatten wir jede Orientierung verloren.

Dann gingen wir eine breite Landstraße entlang. Ich hatte die Hoffnung, auf diese Weise den Weg abzukürzen.

Es wurde Mittag, und wir suchten noch immer. Auf dem ganzen Weg begegnete uns kein Mensch, weder ein Radfahrer noch ein Spaziergänger. Je länger wir gingen, desto größer wurde die Stille. Rechts und links die dichten Büsche und vor uns die leere Landstraße im Mittagslicht.

Wir stolperten schweigend weiter. Acht humpelte auf ihren dünnen Absätzen.

Irgendwann fingen wir an, uns anzubrüllen. (Jeder schob dem anderen die Schuld zu. Wer hatte zuerst die falsche Richtung eingeschlagen?) Bis wir auch zu streiten aufhörten und um uns wieder Stille war.

Konnte es diese verödete Gegend wirklich geben, so nah am lärmenden Zentrum der Stadt? Unsere Schritte hallten durch die Mittagsstille, als gäbe es das alles gar nicht, weder den Wald noch den See hinter den Bäumen noch die Straße.

Dann plötzlich änderte sich die Gegend. Von irgendwoher kam Bewegung. Geräusche drangen zu uns.

Nach einiger Zeit erkannten wir, was es war.

Rechts und links am Straßenrand standen zwei lange Ketten eng hintereinander geparkter Autos. Die Autos waren nicht leer. In jedem Wagen geschah etwas. In einem lag eine Frau über dem Fahrer und leckte ihm den Schwanz.

Ich bemerkte, wie von Zeit zu Zeit ein neu ankommender Wagen am Bordstein hielt. Unverhofft tauchte dann eine zuvor unsichtbare weibliche Gestalt aus den Büschen auf, in denen sie sich verborgen gehalten haben musste, und stieg ein.

Dann stellten wir fest, dass wir im Kreis gelaufen waren, wir waren wieder am Ausgangspunkt angelangt.

Danach ging alles sehr schnell. Wir liefen ein Stück über die Allée de Longchamp, schlugen uns von dort quer über die Sandwege und waren plötzlich da.

(– Sieh mal, ein Pfau, sagte Acht später, und das war der erste Satz nach langer Zeit, der aus ihrem Mund kam und an den ich mich erinnere.)

Fast drei Stunden waren wir durch die Gegend gelaufen. Als wir endlich am Ziel angelangt waren, taten wir nichts von all dem, was wir vorgehabt hatten. (Wir gingen nicht in die Rosairie, nicht zu den Uhrentürmen, nicht in den Park, nicht in die Gewächshäuser.) Den ganzen Weg hatte ich sie hierher geschleift, auf Schuhen, die alles andere als geeignet waren für Sandwege und Gestrüpp. Warum?

Der Grund war wohl die Erinnerung an einen schon länger zurückliegenden Sommertag gewesen, an dem ich diese Gartenanlage entdeckt hatte. Es hatte an diesem Ort einen Geruch gegeben …, einen unverwechselbaren Geruch von feuchter Erde. Er entstand, wenn an heißen Sommertagen die Gärtner unter den Bäumen die Wasserschläuche ausrollten, und auf den schattigen Wegen rieselte dann das frische Wasser in kleinen, in die Erde sickernden Bächen. Aus dem trockenen Staub der sonnenheißen, flimmernden Wege kommend und in das kühle und gedämpfte Licht unter den Bäumen tauchend, war ich plötzlich in diesen aus der Erde aufsteigenden Geruch geraten.

An diesem Tag ließen wir uns sofort auf den Eisenstühlen in dem kleinen Gartenrestaurant nieder, das im Sommer fast immer Hochbetrieb hat.

Es erschien auch heute ein Kellner, doch nur, um uns zu erklären, dass der Restaurantbetrieb im Winter hier draußen eingestellt und für Gäste in den Räumen der ehemaligen Stallungen gedeckt sei.

Wir überredeten ihn, uns doch etwas herauszubringen. Dann war er zu höflich, seine Verwunderung und seinen Ärger zu zeigen, denn wir bestellten nur Wein und trockenes Brot.

Die Sonne sickerte zwischen den kahlen Stämmen der Buchen hindurch. Ab und zu knirschten von ferne die Schritte des Kellners im Kies. Wir wickelten uns fest in unsere Mäntel, es war kalt, doch im Freien zu sitzen, in einem menschenleeren Park, und Sancerre zu trinken –

Und dann sagte sie: Sieh mal, ein Pfau, und da ging er tatsächlich zwischen den Tischen, langsam mit schleppendem Federschweif, wahrscheinlich gab es hinten im Park ein Gehege. Es war jetzt später Mittag. An den Beinen spürte ich den kalten Zug, der vom Boden aufstieg. Da war der erdige Geschmack des eisgekühlten Weins. Ich sah den hässlichen Tisch zwischen uns, die kleinen Weinlachen unter den Gläsern, die über die ganze Tischplatte zerbröselte trockene Brotkruste. Ich sah das, wie man ein vertrautes Gesicht plötzlich sieht, seine Verlassenheit. Ich sah das feuchte Gras, die flimmernden Lichtstreifen auf den Baumstämmen. Ich sah deutlich die fleckigen Lippenstiftränder um Achts Mund und streckte die Hand aus, um ihr Knie zu berühren. Augenblicke der Exaltation – war es Acht, die sie mir verschaffte, oder war es nicht viel mehr das Gehen, der Alkohol, die Zigaretten, ein bestimmter Einfall des Lichts?

Was es war …, das Gras oder die Sonnenflecken oder die Wolken oder der weiße Kies …, es war dieses lichtdurchflutete Bild eines durchsichtigen Wintertags im Freien …, in dem Achts Gesicht jetzt fast gestört hätte, wenn nicht für einen Moment die Ungewissheit verschwunden wäre, wie ich zu ihr stand. Tatsächlich war es egal. Es gab keine Gewissheit, keine Garantie. Stattdessen gab es diese flüchtigen Eindrücke, Eindrücke von einer hauchdünnen und vagen Substanz, und dennoch fähig, die Verbindung zur Wirklichkeit herzustellen. Eindrücke, die in die Tiefe stießen, heftig und augenblicklich, oder so wie gerade jetzt, die langsam einsickerten, die Minuten dehnend. Eindrücke, die aus dem Nichts kamen …, ins Nichts fielen wie durch ein Abflussrohr, verschwindende Augenblicke von Leichtigkeit.

VII

Wir stolperten in eine Metro. Acht hatte sich schräg gegenüber auf einer Bank niedergelassen und wurde in jeder Biegung der Schienen durch die Geschwindigkeit der Fahrt hin und her geschleudert. Ein Gefühl von leichtem Schwindel und Brechreiz stieg in mir auf. Der Waggon war überfüllt. Gewirr fremder Glieder, Schweißränder unter den Achselhöhlen, feuchte Kniekehlen. Fahle Beleuchtung mischte sich dumpf mit den muffigen Ausdünstungen zwischen den Sitzen. Unter dickem Belag atmeten die Fensterscheiben und das Metall an den schwitzenden Griffen.

Da verschob sich kaum merklich der Schlitz ihres Rocks. Das war wie ein Wink … inmitten der bleischweren Müdigkeit auf den stumpfen Gesichtern, mit denen wir beide zusammen eingeschlossen waren. Oder starrte nicht jeder heimlich auf diesen unaufhaltsam hochrutschenden Schlitz und verstand ihn als Hinweis auf das, was seinen Blicken verborgen war?

Eingeschlossen: in dem ununterbrochenen Zischen der Türen beim Öffnen und Schließen. Die Abfolge dieses mechanischen Auf- und Zuschnappens verband sich mit der Bewegung der Menge, mit dem hastigen Auf- und Abspringen an den Haltestellen, wenn in einer einzigen Pumpbewegung die Waggons sich leerten und füllten. Dazwischen lagen jene öden Strecken, in denen alle Fahrgäste plötzlich von einer sonderbaren Krankheit befallen schienen, die sie mit stumpfsinnigem Blick vor sich hin starren ließ und ihre schlaftrunkenen Köpfe in monotonem Schwanken bewegte. Sechs Uhr nachmittags auf dem Weg in die Vororte, sie kamen von der Arbeit.

Wieder hielt der Zug an. Wir saßen weit vorn, fast am Ende des Bahnsteigs, kurz vor dem Dunkel des Tunnels. Auf der rechten Seite fiel das Licht durch einen tiefen, mit einem Drahtmaschengerüst verkleideten Schacht. In ihm bewegte sich tonnenschwer wie ein Tier mit metallenem Panzer ein Aufzug mit einer geräumigen Plattform, auf der die Menschen auf einen Hebeldruck hin nach oben transportiert wurden. Neben dem Schacht lag ein menschenleerer Treppenaufgang. Fern aus dem Tunnel der Schienenstrecke prallte die Finsternis gegen das gleißende Licht aus den Gängen, die sich weiter ins Innere der Erde, zwischen endlosen Wänden zu anderen Bahnsteigen wanden.

An der nächsten Haltestelle: auf der anderen Seite der Schienen der Ausschnitt einer Reklametafel. In einem die ganze Höhe der Wand einnehmenden Rahmen spannte sich eine Fläche von grauem Papier. Aus der Leere, aus einer unsichtbaren Ferne kam eine einzelne Hand. Zeigte die Innenfläche vor, weiß, gekrümmte Finger. Nur diese Hand, als sei sie durch einen unsichtbaren Schlitz ins Papier gesteckt, während der zu ihr gehörige Arm, der Mensch hinter ihr verborgen war. Plötzlich zerriss die Leere, und aus dem Nichts schien die Hand ein Zeichen zu machen …, sie verwies nicht auf sich, auf das Bild, sondern nach außen, sprang aus dem Bild heraus und zeigte auf etwas anderes ..., vielleicht auf das, worauf die Wartenden gerade blickten, ohne es wahrzunehmen, etwas so völlig Belangloses wie Zigarettenstummel, abgerissene Fahrkarten, abgetretene Absätze, die über den Bahnsteig gingen.

Von nun an tauchte die Hand an jeder Haltestelle auf ..., glich eine Haltestelle der anderen an ..., eine Gleichförmigkeit ..., hatte etwas Einschläferndes ..., nichts ließ sich mehr unterscheiden. Die anderen Fahrgäste waren nach und nach ausgestiegen.

Plötzlich drang Achts Lachen, sich überschlagend, durch den leeren Zug, während er sich in rasender Fahrt durch den Tunnel bewegte. Ab und zu, bei einer Gabelung der Schienen, blinkten die großen, runden Signallampen rot auf aus der Tiefe des abzweigenden Schachts. Der Zug fuhr so dicht an den Wänden entlang, dass er jetzt, als er leer war, mit steigender Geschwindigkeit zu fahren schien, das stärkere Dröhnen und Klappern der alten Räder übertönte jedes Geräusch bis auf Achts Lachen. Hin und her geschleudert, rutschte sie nun ohne Halt auf der leeren Sitzbank, und das Lachen quoll aus ihrem Mund, als könne sie nicht mehr aufhören.

In ihrem Schoß lag eine geöffnete Schachtel mit einem angebrochenen Stück bröckligen, blauschimmligen Käses, den sie zu essen begonnen hatte.

In dem fahlen Licht sah ich ihre Augen schwarz verklebt von Lachtränen, schwarz wie Abfall schwammen sie in ihrem Gesicht. Ich näherte mich ihrem Mund, aus dem mir der gärende Geruch des verzehrten Käses entgegenschlug. Ihr Mund ..., aus der Nähe bemerkte ich die um die Mundränder verschmierten Krusten des Blauschimmels ..., als wäre er entstellt durch eine Mundfäule, die Mundränder wie geborsten.

Wir fuhren mit großer Geschwindigkeit auf die Endstation zu. Da sah ich, dass Acht das dunkle Kleid trug, das sie bei unseren ersten Begegnungen getragen hatte.

Ich schob meine Hand unter das Kleid auf die Haut, ich zog ihr die Schenkel auseinander. Jede Geste verdoppelte sich in den spiegelnden Fensterscheiben. Ihre halb entblößten Brüste waren nie nackter als in diesem hell erleuchteten Waggon.

Einsamkeit, rasende Fahrt. Immer noch hockten wir in einem erleuchteten öffentlichen Fahrzeug. Unter mir spürte ich die Vibration der Räder, die sich stoßweise in meinem Körper fortsetzte. Jeden Augenblick konnten die Türen wieder aufspringen und neue Fahrgäste einlassen. Dennoch waren wir abgeschlossen wie im verschwiegensten Zimmer. Als ob Begehren niemals öffentlich werden könnte. Jetzt sank es zurück in die Stummheit zwischen uns, und ich sah noch ihr schönes, verzerrtes und bösartiges Gesicht, das sich wie eine Gipsmaske über ihre Züge gelegt hatte.

VIII

Etwas hatte aufgehört: Früher hatte ich in der Nacht das Klopfen meines eigenen Herzens gehört.

An die Matratze gedrückt, hörte ich sein lautes Pochen, ob ich wollte oder nicht, ich warf mich herum, der Schweiß trat mir auf die Stirn, das Pochen verfolgte mich, es klopfte in meinem Kopf, es pochte in meinem Körper, es schlug in meinem Ohr.

Ich hatte nicht einmal bemerkt, wann diese lange Gewohnheit, die mir die Nacht gebracht hatte, aufgehört hatte, mich zu quälen. Unmerklich war sie von mir gewichen, ein Schatten, der verschwindet, wenn die Beleuchtung sich ändert.

Als ich aufwachte, hörte ich sofort das Klatschen des Wassers und hielt es für das Geräusch der Wellen, das vom Strand her durch das Fenster zum Hinterhof in unser Zimmer drang. Doch es war nicht das Meer. Das Geräusch kam aus dem Bad.

Wir waren für einige Tage an die Küste gefahren und an einem eisigen Spätnachmittag hier in Surville gelandet. (Ich hatte ein wenig Geld im Pferderennen gewonnen, und wir waren gleich aufgebrochen.) Im Hotel hatten wir ein weitläufiges Bad mit rostigen Kränen, mit einer alten Wanne und einem ehemals strahlend weißen Verputz, der in den Ecken über den Wasserrohren abblätterte und an manchen Stellen in schwarze Risse aufgeplatzt war. Die zogen sich in einem Netz von Spinnweben über die hohen Wände bis unter die Decke. In der Querwand, am Fußende der Wanne, ging ein Fenster auf die Innenhöfe, die sich zu einem wunderbaren Flickwerk verschachtelten …, buntes Gemisch von Ziegelböden, von Mäuerchen, Treppchen, in alle Ecken verteilten Blumentöpfen, gefüllt mit Winterhortensien und Rosen (denn in dem milden und feuchten Treibhaus trieb auch so spät im Jahr alles noch Blüten und Blätter), Gemisch von wildem Weinlaub und ziegelgedeckten Dächern, über die die Katzen jagten oder sich in der Sonne duckten. Dahinter lag das Meer, unsichtbar, aber zu jeder Stunde des Tages hörte und roch man es.

Acht verbrachte Stunden dort im Wasser, in der Wanne, bis die Wände, Spiegel, Fensterscheiben von Dampf beschlagen waren. Sie starrte in die Clematis vor dem Fenster.

Das Bad, das waren: nackte Füße auf eiskalten Kacheln, lange regnerische Nachmittage, Auflösung im heißen Wasser, das ferne, gleichmäßige Rauschen des Meeres, der plötzliche Sturm im Sand, ein klaffendes Geschlecht im Wasser, das träge dort schwamm. Und ihr weißes Gesicht über dem Wasserspiegel, das ich heimlich aus dem Zimmer durch den Türspalt beobachtete.

Diese langen Nachmittage, wenn Acht sich im Bad räkelte. Ich lag dann im Bett, die Vorhänge waren zugezogen, ich horchte auf den Wind, der über den Sand strich und an den Holzplanken zerrte, und gab mich hinter geschlossenen Augen den Eindrücken der neuen Umgebung hin, die in der Erinnerung eine andere Intensität bekamen als vor dem bloßen Auge.

Wir hatten die Kirchen hier zu jeder Tageszeit geöffnet gefunden. Stand man im Innern eines solchen dunklen, nur von wenigen Kerzen erleuchteten Kirchenschiffs und blickte zurück durch das weit geöffnete Portal nach draußen, so schien es, als habe man nie zuvor einen solch unmittelbaren Zusammenprall gesehen, mit dem die Gegensätze von kontemplativer Einsamkeit und geschäftigem Alltagsleben an der Kirchenschwelle aufeinander stießen.

Dieses Bild der Straßen, als Ausschnitt durch den Rahmen der Kirchentür gesehen, das war wie ein hell erleuchtetes Panorama aus einem Stundenbuch, Handwerksbetriebe, Menschen, Geschäfte, Autos, alles zeichnete sich vor dem Hintergrund, vor der klaren Luft über dem Meer und der am Horizont aufgereihten Linie der Fischkutter und den in den Himmel gereckten Masten der Segelboote deutlich ab.

Wir waren in die hintere Stadt eingedrungen.

Das Armenviertel von Surville …, das gab es also …, nicht weit entfernt auf einem anderen Kontinent …, sondern hier, zweihundert Kilometer entfernt nur von der Hauptstadt. Verrottet …, winzige Häuser mit Würmern im Fachwerk, die Schadstellen in den Mauern ausgebessert mit Pappe. Wasserrohre liefen die Außenwand entlang. Lichtlose, enge und stinkende Hinterhöfe und Hausflure und Geruch nach gekochten Kartoffelschalen und billigem Schnaps. In den Küchen saßen Matrosen und Schiffsarbeiter, sie soffen, von Le Havre auf Urlaub zurückgekommen, am helllichten Tag ihren Schnaps. Es gab einen Geruch in der Kleidung dieser Leute, einen muffigen Geruch …, man erkannte sie schon von weitem an diesem Geruch auf der Strandpromenade, auf der am Wochenende die aus der Hauptstadt angereisten Bürger spazierten, dieser Geruch der Armut …, er saß in den Kittelschürzen der Frauen wie eine Zecke …, aufgestiegen aus dem mit Kernseife versetzten Scheuerwasser, mit dem sie die Höfe schrubbten.

Irgendwann auf diesen Gängen, es war kalt, nass und zugig, während Acht schweigsam ein Stück entfernt von mir an den eng stehenden Häusern entlangging, erkannte ich, dass sie auch hier ihr schemenhaftes Wesen nicht verloren hatte.

Zwar ließ sie sich nicht übersehen, denn die schwarzgraue Farbe ihrer Kleider, die in der Stadt wie eine Tarnfarbe wirkte, machte in der klaren Luft einen auffälligen und hässlichen Fleck aus ihr.

Besonders, wenn sie unten am Meer ging … und düster abstach von dem grauen Sand, dem weißen Holz der Badehäuser, der metallischen Fläche des Meeres und der durchsichtigen Helligkeit, die darüber lag.

Doch … die Konturen ihres Körpers verzerrten sich, je nachdem, wie heftig der Wind an ihren Kleidern riss, ihrem

Haar. Sie verwischten sich zu einer einzigen Bewegung von Flattern und Schlagen und Klatschen, mit der der aufbauschende und zusammenfallende Stoff ihre Gestalt körperlos machte.

Hatte der Wind sich einmal gelegt, stieg die zuweilen irisierende Luft an der Küste wie eine Zwischenschicht auf zwischen Menschen und Dingen, brachte in ihre Umrisslinie ein ständiges Zittern.

Und doch ... hatte sich auch zum ersten Mal hier am Meer so etwas wie ein wirklicheres, ein psychisches Klima zwischen uns gebildet. Manchmal, wenn der Wind sie fast umwarf, drückte sie sich an mich. Ich spürte den Druck an meiner Seite, er war nicht zu leugnen, er war da. Und dann – sie hatte so eine seltsame Art, ihren Calvados zu kippen: den Kopf ruckartig zurückgelegt, mit geschlossenen Augen. Und dann – es gab diesen Katzengeruch in der warmen Lakendelle, wenn sie das Bett verlassen hatte.

Manchmal ertappte ich mich dabei, dass ich sie, wenn sie mir auf der Straße entgegenkam, mit den Frauengestalten auf den Bildern von Moreau verglich, die ich vor unserer Abreise in der Hauptstadt gesehen hatte. Jene rätselhaften Frauengestalten, deren Ähnlichkeit untereinander nicht nur vom verwandten Typ, von ähnlicher Haut- und Haarfarbe herrührt, sondern was sie verbindet, ist ihre *Haltung* – die Neigung des Kopfes, die Biegung des Rückgrats, ein leicht vor den anderen geschobener Schenkel, eine abwehrende Geste der Hand. Überall findet sich in den Figuren der Ausdruck einer ekstatischen Schweigsamkeit, die Augen aufgerissen und starr, verraten sie sich allein durch die Heftigkeit einer Geste.

Zugleich spürte ich die Gefahr eines solchen Vergleichs.

Achts Gegenwart, ohnehin mehr den Eindruck von Abwesenheit als von Anwesenheit hervorrufend, könnte sich, unter der Macht dieser Bilder, von einem brennenden Traum in sein schreckliches Gerippe verwandeln, ins Museale nämlich, auf unbemerkte Weise sein Überwintern sichernd, indem es sich nährt vom Vergessenen.

Wir hatten Gewohnheiten angenommen.

Morgens und nachmittags gingen wir am Strand. Die Langeweile an diesen Nachmittagen ..., wir ließen uns treiben ..., wir gingen am Meer ..., die Langeweile an diesem Strand war auch ein Verlassenheitsgefühl, nach den Maßen des Wassers.

Um diese Jahreszeit war dort niemand zu sehen. Bei klarem Wetter blinkte in der Ferne die blendend weiße Kette der Tankkessel von Le Havre auf. Die Badehäuser waren geschlossen. Der Sand, in dem sich wieder angeschwemmte Reste des Sommers sammelten, ein Kinderspielzeug, eine Weinflasche von einem Picknick, war feucht, schwer und kalt. Der Himmel hing düster und niedrig über dem Meer. Kein Geräusch. Nur die Wellen, sich brechend, mit einem Aufklatschen anschlagend, sich verzweigend in den Furchen des Sandes, rieselnd, rauschend, gurgelnd. Das Geräusch des Sturms, der an den Läden der Badehäuser und den leeren Holzplanken zerrte. Sie endeten plötzlich im Sand wie ein totes Gleis. Der Schrei der Möwen, die, über unseren Köpfen segelnd wie eine Meute von Aasgeiern, die Fischkutter bei ihrer Einfahrt in den Hafen so dicht umkreisten, dass die Masten in dem kreischenden und gierigen Gedränge verschwanden. Einige Tage war ich im Mittelpunkt des gleichmäßigen Wellenschlags.

Ich dachte nichts, ich fühlte nichts, alles war abgefallen.

Das Meer übte einen Sog aus. Stundenlang starrte ich auf den Horizont und die Wolken, die langsam wechselten.

Häufig war es regnerisch an den Nachmittagen. Die Besitzer der Villen am Meer waren längst abgereist, die Fensterläden waren geschlossen. Über den einsamen Strand ragten die Paläste der Belle Époque, ihre steilen und gespenstischen Fassaden in den Himmel gereckt.

Einmal sah ich von weitem in einem oberen Stockwerk hinter spiegelnden Fensterscheiben, hinter denen ich, obwohl das blendende Glas kaum einen Einblick ermöglichte, einen weitläufigen Saal erkannte, eine merkwürdige Gesellschaft von Alten. Sie klopften mit Krücken gegen die Fensterscheiben, man sah ein lautloses Johlen und Geifern aus weit geöffneten zahnlosen Mündern, und sie verfolgten mit bösartigen Blicken und hämisch verzerrten Gesichtern unseren Weg. Auf dem Rückweg hatten wir in der Ferne die schneeweiße Kuppel des Kasinos vor uns. Man hatte es einfach in den Sand gesetzt, als die Gegend um die Jahrhundertwende durch die Gesellschaft der Hauptstadt mondän wurde. Es hatte etwas von einer prächtig restaurierten, doch nie mehr besuchten Ruine an sich. Rote Teppiche und Portieren und leere Ballsäle. Und das eigentümliche Licht, das dem Bau etwas Starres verlieh.

Bevor wir vom Strand nach Surville einbogen, kamen wir an einer Villa vorüber, deren Bewohner meine Neugier geweckt hatten. Es war offensichtlich, dass sie Surville nicht wie die anderen am Ende des Sommers verlassen hatten, und dennoch sah man sie niemals. Nur ihre Spuren. (Manchmal konnte ich abends, wenn die Zimmer erleuchtet waren, einen Blick hineinwerfen, doch nie konnte ich jemanden genauer erkennen, denn sofort wurden die Vorhänge zugezogen.) Wenn wir nachmittags um die Ecke bogen, bot sich immer das gleiche Bild: Im Parterre war ein Eckfenster geöffnet, im Meerwind bauschten sich die weißen Vorhänge über dem verlassenen Plankenweg, und aus dem Innern des Zimmers drang ein gleichmäßiger Singsang, als beteten alte Frauen den Rosenkranz.

Wir tranken viel, den Regen, die Langeweile, diese satte Müdigkeit im Kopf.

In der Rue des Bains gab es, zwischen Geschäften eingezwängt, die *Ascot Bar*. Sie gehörte auch zu unseren Gewohnheiten. Wir lasen Zeitungen dort, tranken morgens *café noir* und mittags Pastis oder Kir und abends Calvados. Wir saßen dort lange auf der schmalen Lederbank an der Wand ..., und die Glastür gab nur einen winzigen Ausschnitt der gegenüberliegenden Hauswand und ein Stück der Wolken frei ... Wir verfolgten die Bewegungen des Patrons hinter der Theke, die geübten Handgriffe des Zapfens und Einschenkens und Mixens und Eis-Zerstoßens ..., ganz, als arbeiteten diese Hände ohne Aufsicht allein ..., das kurze Eintauchen der Gläser ins Spülwasser ..., das geschah übrigens unsichtbar hinter der Theke, doch man hörte das laute Glucksen, das durch den Raum knallte.

Man kroch in diesen Schlauch wie in eine dämmrige Höhle. Achts Gesicht erschien plötzlich ziegelrot und ihr Mund ein schwarzer Strich, das war das Licht der Wandlampen, ihr orangefarbenes Licht, das den Raum in eine bunte Grotte verwandelte. Im Wandspiegel nahmen die Gegenstände das Aussehen von Mineralien und Schlingpflanzen an. (Auf dem Bord an der Wand über den Flaschen standen zwei Siphons, deren bauchiges Glas hatte die Farbe von durchsichtigem Petrol ..., eine giftige künstliche Farbe, und die Hähne am Hals der Siphons sahen aus wie geschwungene Vogelköpfe.)

Ein ständiges Kommen und Gehen …, schon am frühen Morgen standen ein paar Arbeiter an der Theke. Man kam auf einen Sprung herein, man schüttelte sich die Hände, man trank ein Glas Bier oder einen Ricard. Einer zog ein Kartenspiel aus der Tasche. Die Schirmkappen flogen auf die Theke.

Eines Morgens ging ich die kurze Straße zum Strand hinunter. Acht war schon eine Weile zuvor vorausgegangen. Da sah ich von fern, dass sie mit einem Fremden sprach.

Die Häuserwände bildeten eine enge Schneise, sie lief direkt auf das Meer zu …, und am Ende der Schneise, da, wo sie sich auf das Meer und den Himmel öffnete, genau an dem Punkt standen die beiden.

Die Umrisse ihrer einander zugewandten Gestalten zeichneten sich in der dünnen Morgenluft deutlich ab. Wie ich sie so stehen sah – vor dem Horizont des an diesem Morgen eisblauen Meeres, des tiefblauen Himmels, der ab und zu von vereinzelten Möwen durchstoßen wurde –, kam ich mir plötzlich wie ein Spion vor. Ich sah ihre fernen Profile …, da schien es, als spielte sich in der reglosen heiteren Landschaft ein intimer Kampf ab.

Ich wollte mich abwenden und die Straße zurückgehen, aber dann …, ich weiß nicht, was mich zuerst auf den Gedanken brachte, es könne sich bei dem Fremden um jenen Mann handeln, in dessen Haus Acht früher gewohnt hatte. Wie sie sich so dicht gegenüberstanden, hatte ich plötzlich den Eindruck, dass ein Riss quer durch die schneidend kalte Luft gegangen sei. Etwas trat daraus hervor, etwas wurde offensichtlich: Die beiden waren wie zwei Rufende, nichts anderes hervorbringend als ein jammervolles Gestammel, das bereits in dem winzigen Raum zwischen ihnen verschluckt wurde, bevor es zum anderen dringen konnte.

Es war, als ob die große Entfernung zwischen ihnen und mir wie durch ein umgekehrtes Fernglas diesen Eindruck geradezu aus der Szene hervortrieb. Vielleicht konnte nur der Beobachter, der sie durch ein vor das Auge geschobenes Glas betrachtete, den Riss sehen.

Sie selbst schienen ihn nicht zu bemerken. So vertraut sprachen sie jetzt miteinander, sie redeten und redeten und bewegten die Zungen, die Lippen, und jetzt rührten sich auch ihre Hände und fuhren mit fahrigen Gesten durch die Luft. Sahen sie es nicht, dieses Missverständnis, diese Täuschung ..., die auf einer langen Gewohnheit beruhen mochte, einer Gewohnheit, die sie im Umgang miteinander entwickelt hatten. Ein Irrtum, mit dem sie sich, einander scheinbar verstehend, anblickten. (Da stellte ich mir vor, alles wäre umgekehrt, und der Fremde blicke in gleicher Weise auf Acht und mich. Aber das konnte nicht stimmen. Der Spion, das war ich. Oder ... war ich nur ein blinder Zuschauer, aus dem Spiel ausgeschaltet, hilfloser Beobachter einer Szene, der Wiederholung einer Szene, die sich vor längerer Zeit auf ähnliche Weise an einem anderen Ort, mit Acht als Hauptperson und dem Betrogenen im Hintergrund, abgespielt hatte?)

Vielleicht würden sie sich im nächsten Moment auf dem Absatz umdrehen und sich gegenseitig vergessen. Vielleicht würden sie den Irrtum erkennen und den anderen dafür schuldig sprechen.

Dann aber, als würde sie das Gesetz dieses Irrtums plötzlich durchschauen, trennte sich Acht von dem Fremden und ging, mit einem Auflachen, das durch die Straße bis an mein Ohr drang, in die andere Richtung davon.

IX

Am Boulevard Montmartre schlenderten wir eine Weile in der Gegend herum. Ich bemühte mich zu vergessen, dass wir vielleicht bald würden abreisen müssen. Aus Surville zurückgekehrt, hatte man Acht ihren Job gekündigt. Wir strichen durch die überfüllten Nebenstraßen. Über den Straßenmarkt der Rue Cadet, ich erinnere mich an Fasane, die, auf der Theke in sitzender Haltung aufgebahrt, eine Papiermanschette in bunten Farben um den abgeschlagenen Hals trugen. Wir rochen den muffigen Gestank in den als gebraucht zum Verkauf aushängenden Kleidern und Pantoffeln, tauchten ein in das Gemisch von Menschen, Staub, Autolärm, Geschrei der Kellner, die an den Tischen auf dem Bürgersteig Kaffee servierten. Alle Türen standen offen, und die Kaffeemaschinen zischten aus den Bistros von den Theken direkt auf die Straße.

Wir aßen in einem Lokal neben dem Ausgang der Galerie Verdeau. Das Menü war auf eine Schiefertafel geschrieben, die neben dem Eingang stand. Ein einfacher Laden, eher eine große Küche, in der es nach Fisch, nach Kräutern und Wein roch. Der Geruch haftete an den Wänden. Der Boden bestand aus Steinfliesen, es gab nur rohe, ungepolsterte Holzstühle. Wir saßen allein in dem dämmrigen Halbdunkel, kein anderer Gast hatte sich hierher verirrt, es gab Fischsuppe, Jakobsmuscheln und Meerwolf. Wir aßen. Die Tischordnung war so: Acht saß mir gegenüber. Ein stummes Mahl …, unter dem Tisch ihr Fuß, der Abstand zwischen ihrem und meinem Fuß. Der Geschmack des Gekochten brannte scharf auf der Zunge. Das Rohe, das Gebeizte, das Gewürzte, das Gekochte, nach Schalotten riechende …, und erst die durchdringenden Dämpfe, die aus der Bouillabaisse stiegen, vermischten sich mit der Erinnerung an den Geruch ihres Haars auf den Bettlaken, an den leicht beißenden Fischgeruch ihrer Haut, und ich drängte zum Aufbruch.

Irgendwann, ich weiß nicht, warum, sind wir auf dem Cimetière Montmartre gelandet. Wir beobachteten einen Verrückten, die einzige lebende Gestalt, die außer uns hier zu sehen war, er huschte zwischen den Gräbern. Er lief, unablässig mit sich selbst redend, mit gebeugtem Rücken von Grab zu Grab. Unter dem Arm trug er eine schwarze Aktenmappe. Von Zeit zu Zeit blieb er an einem der Gräber stehen und erklärte einem unsichtbaren Besucher die Namen und das Leben der vor ihm begrabenen Toten.

Schnurgerade Akazienalleen. Weite terrassierte Gärten, grau und schwarz, Gärten aus Stein, quadratische Meere von Totenhäusern. Antikisierende Tempelchen, Pavillons, Grabkapellen, riesige Steinkreuze, Grabengel im Flug, das alles säumte die langen Wege wie menschliche Behausungen, aus denen die Bewohner verschwunden waren. Eine erstarrte Steinwelt ging hier langsam in die Brüche, eine makabre Stadt im Kleinen. Genau der Ort, an den man ohne Absicht verschlagen wird ... an einem vertrödelten Nachmittag wie diesem ..., jener Stimmung nachspürend, die in den Dingen zu gären beginnt, wenn sie ranzig werden.

So ernsthaft verkleinert gerieten die Dinge ins Lächerliche. Wir studierten, den Kopf voll *Eau de vie*, die Grabsprüche, die abgetakelte Szenerie jener Leidenschaften, die auch Alphonsine Duplessis hier begraben hatten. Da fragte ich mich ..., und vielleicht war das das ganze Geheimnis ..., vielleicht hatte Begierde damals nicht im Rohzustand existiert. Es hatte keinen Schrei nach Gefühl gegeben ..., hier vermittelten die Dinge die Erinnerung daran, dass Leidenschaft einmal als Gegenteil dieses Schreis in Erscheinung getreten war, als Abstand vom *reinen* Gefühl, als grandioses Spektakel, als Theaterinszenierung, konzentriert im Ding …, im Messer, in der Kamelie.

Es war einer jener ersten Januartage, wenn die Gegend oberhalb der Place de Clichy im grauen Matsch unter einem regnerischen Himmel ertrinkt.

Plötzlich, während wir durch das Friedhofstor gingen, hatte ich das Bedürfnis zu verschwinden, abzusaufen im anonymen Abend der Stadt.

Am Ende der Straße gingen wir in das erste Hotel, ein *Hôtel Modern*. Acht stand schweigend neben mir am Tresen, stieg in einen engen Fahrstuhl.

Oben war alles wie gewohnt, ein Lappen von Teppich, das Bidet, zwei schäbige Stühle, jene Art von klebriger Kälte, wie es sie nur zwischen den bunt tapezierten Wänden solcher billigen Hotelzimmer gibt. Vor dem Fenster die helllila Neonreklame des Hotels, sie fiel bleich ins Zimmer. Immer noch stand uns am Boulevard Edgar Quinet die geräumige Wohnung zur Verfügung. Doch heute war es hier gut …, und mich beschlich ein Gefühl, als käme ich nach Hause. Wie ein Vertreter, der seit Jahren immer am selben Wochentag im selben Hotel absteigt.

Ich zog die Vorhänge vor und bestellte an der Rezeption eine Flasche Calvados. Wir saßen im Halbdunkel auf dem Bett und dem Stuhl, unten brauste ununterbrochen der Verkehr vorbei, wenn man das Fenster öffnete, verstand man sein eigenes Wort nicht, aber so war der Lärm gedämpft, fast beruhigend, dass er da war und alles wie selbstverständlich da unten weiterging.

Wir tranken schweigend, und der ätzende Geschmack des billigen Calvados erinnerte mich an die verrosteten Straßen von Surville. Wir tranken nicht hastig, aber zügig, als ginge es darum, in aller Ruhe einen Entschluss zu fassen. Dann verbreitete der Calvados eine feine Wärme im Körper und angenehme Ruhe und leichte Müdigkeit.

Ich setzte das Glas ab, stand auf. Vergrub meine Hände in ihrem Haar, bog ihren Kopf zurück, fuhr mit der Zunge über ihr Gesicht, in ihre Mundwinkel, das Kinn entlang hinter die Ohren, in die Ohrmuschel. Geschmack von Puder, Zigarettenrauch, Calvados, knetete ihre Brüste, bis sie die Beine spreizte.

Ich aber riss ihr den Mund auf. So heftig, dass sie den Kopf zurückziehen wollte, ich aber presste ihn fest mit beiden Händen gegen mich. Sie wehrte sich, versuchte, sich zu drehen, zu schlagen, zu entkommen, ich ließ sie nicht aus der Klammer. Diesen Griff, diesen Druck meiner Finger auf ihrer Hirnschale, sie sollte ihn spüren.

Unter mir stieg jetzt ein Schluchzen und Würgen aus ihrer Kehle.

Ich ließ nicht locker, schob den Schwanz in die Höhle zwischen den Zähnen, die Augen tränten ihr übers Gesicht. Ich sah von oben herab ihren verunstalteten Mund, eine dick und hässlich angeschwollene Lippe, die zerstoßenen und aufgeplatzten Lippenränder. Sah diesen um Atem ringenden, schartigen Mund, fühlte seine Schweigsamkeit brechen, den Schrei aufsteigen.

Spürte, wie der Widerstand wich. Spürte die Wärme ihres Gaumens, ein sanfter Sog, ich trieb ab …, eine Vision stieg auf …, dass sich im diffusen und fahlen Licht der Neonreklame ein ineinander verschlungenes Gewimmel von Leibern bis unter die Decke wand, Arme, Brüste, Geschlecht,

Schenkel, Muskeln, Hälse, Haare, Nacken, Rücken, Hände, Waden, Augen, Münder, wabbernde Masse. Ich trieb ab …, eingeschlossen in einen Zwischenraum, eine Klammer, die, eingeschoben in den Fluss, die Strecke der Zeit vorher und nachher, in ihrer Mitte alles zu einem farblosen weißen Kern verdichtete. Bis es vorbeiging, Absturz in diesen Abgrund, in den Mund, in die Worte, die in ihrer Kehle stecken geblieben waren. Ich brach über ihrem Kopf zusammen. Fiel auf das Bett und blieb dort liegen. Hörte ein Keuchen und Wimmern durch das matt von draußen erleuchtete Zimmer und den abebbenden Verkehr bis in den Schlaf.

X

Ich schleppe mich in eine glasgedeckte Passage. Man hat sie stehen lassen, eine Ruine, mitten in der Stadt. An die Fensterscheibe eines verdunkelten Restaurants herantretend, spähe ich durch die im Halbrundbogen auf das Glas gemalten Schriftzüge mit dem Namen *Chez André*.

Durch ein von Dreck starrendes Glasdach fällt das Licht gedämpft von oben in die Passage. Die Eisenpfeiler, rostend, verbogen, werden von Holzbalken gestützt. Alles hier wird gerade noch vor dem Einsturz bewahrt. Zugenagelt die Fenster im ersten Stockwerk, ätzend die Flecken von Taubendreck und Katzenpisse in den Ecken, auf immer herabgelassene Eisenrollos vor unbenutzten Geschäftsräumen oder, wo sie fehlen, ein dunkles ausgeräumtes Loch mit einem Haufen übrig gebliebenen Schutts.

Ein verlassenes Glashaus, ein Fluss, zu Stein geworden, Stille wie in baufälligen Kirchen, Stille für spielende Kinder, sie hocken in einer Ecke auf den gesprungenen Steinplatten, drücken das Gesicht an eine verdreckte Fensterscheibe und starren nach innen.

Vergessenes Terrain im Bauch eines stillgelegten Bergwerks. Ich bin allein. Die Kinder sind verschwunden. Kein anderer durchquert diese *Zone*, den Weg von der Arbeit nach Hause abkürzend, um ein Band zu kaufen, ein Stück Seife, ein Taschentuch. Doch es sind noch da: die Buchläden, die ihr antiquarisches Sammelsurium von staubigen und zerfransten Büchern draußen in der Passage in langen Kästen ausstellen, die an der Wand entlanglaufenden Käfige mit winzigen Pyramiden von buntem Konfekt und kandierten Früchten, die Kurzwarenhandlung mit verstaubten Bändern und gelblich verfärbten Spitzenkragen, mit steifen Miedern von abstoßendem Rosa. Alles gähnt wie aus einem lange geräumten Schreckenszimmer.

Etwas hockt sich mir plötzlich zwischen die Schultern. Treibt mich voran. Lautes Hallen der Schritte bis unter die Kuppel.

Ich laufe. Sehe plötzlich eine Gestalt vor mir, fremd, mit ungeschickt schlenkernden Armen und aufgerissenem Mund, rennend. Erschrecke, als ich erkenne, dass ich es selbst bin, dieses rote Gesicht in der Spiegelwand am Ende des Ganges.

Sackgasse. Kehre um, renne zurück. Wieder ein Spiegel. Wieder versperrt der Ausgang. Wieder drehe ich mich. Schwindel, Schweiß, laufe um eine Ecke, ein neuer Bogen. Aus den Ecken starren mich hungrige Katzenaugen an.

Das Licht – durch die milchige Glasdecke stechend, dringt die Sonne in meinen Schädel.

Ich biege in einen weiteren Gang. In der Ferne, am anderen Ende, sehe ich durch einen Bogen die belebte Straße, Fußgänger gehen dicht gedrängt. Ich stolpere, falle.

Das Gesicht am kühlen Steinboden. Schattig, ruhig und

feucht der Gang. Ein frischer Luftzug. Der gebogene Arm einer Laterne ragt von der Mauer. Langsam ziehe ich mich hoch. Aus einem Kran an der Wand plätschert Wasser. Ein Vogel flattert kreischend gegen das Licht.

Wieder stehe ich vor der dunklen Fensterfront, angelockt von den leeren Reihen gedeckter Tische ..., sie sind vor dem Restaurant an der Wand entlang aufgestellt ..., angelockt von den im Windzug sich leicht bewegenden weißen Tischtüchern, leuchtend im grünen Halbdunkel der Passage ..., angelockt von den glatten Weingläsern, sie stehen umgedreht neben den Tellern. Ich gehe durch die offene Tür. Innen ist alles dunkel. Niemand zu sehen. Doch: Acht sitzt an einem Fenster, an einem Tisch.

Ich gehe auf sie zu, fasse zwischen ihre Schenkel. Stimmen erheben sich murmelnd. Lärm von einem Handgemenge dröhnt in meinem Schädel. Ich ziehe die Hand hervor, halte sie vor meine Augen, sehe die Flüssigkeit klebrig zwischen den Fingern.

Etwas klirrt. Ich blicke mich um, sehe die Stühle aus Holz, die breite blendende Fensterscheibe zur Passage. (Versuche, mich zu erinnern, woher ich den Ort kenne.) Schlage die Hand vor das Auge, spüre den bohrenden Splitter von Glas, taste in der Faust den abgebrochenen Hals der Flasche, fasse wieder ans Auge, drehe mich, zum Licht rasend, wie ein geblendeter Falter gegen die Scheibe prallend und taumelnd.

Splitter fliegen mir um den Kopf, etwas birst in mächtigem Knall, einem einzigen, birst und birst, die Stimmen ersterben, ich blicke mich um. Niemand zu sehen. Nur Acht.

Mit gespreizten Beinen sitzt sie auf dem Stuhl ..., allein ..., den Kopf erhoben. Als hätte sie nie etwas anderes getan, als hier zu warten, hier, wo einmal der Treffpunkt der

Freunde gewesen sein muss, und später zerstach einer dem andern das Auge.

Sie steht auf, umschlingt meinen Hals, fährt mir mit der Zunge in den Mund und reißt sich im selben Moment wieder los. Nackt bis auf den faden Geruch, der sie umgibt, steigt sie vor mir die Treppe hoch und führt mich zu den oben gelegenen Zimmern.

Ich wachte auf. Ich lag auf dem Bauch, der Hals ausgetrocknet, hinter den Augen brannte ein dumpfer Schmerz. Ich versuchte, den Kopf zu heben und die Augen zu öffnen. Ließ ihn sofort wieder ins Kissen fallen. Vor Schwindel konnte ich nicht einmal blinzeln.

Der Traum? Wenn ich ihn mir vorgestellt hatte, hatte ich den Raum unten in dem Restaurant in der Passage immer als einen Ort des Exils angesehen, eines unmenschlichen Exils, das das Geheimnis des Unglücks und der Verlassenheit besaß.

Ich betastete meinen Kopf. Plötzlich fühlte ich, dass das Bett neben mir leer war. Irgendwann in der Nacht waren wir eingeschlafen, ineinander verschlungen, die Kleider im Zimmer verstreut.

Ich dachte, sicher ist sie im Bad, fiel in meinen Halbschlaf zurück.

Ich weiß nicht, wie ich es schließlich gemerkt habe. Ich glaube, es war die Stille. Plötzlich fühlte ich, dass eine endlose Stille in diesem Zimmer mich umgab, eine Stille, weich wie Watte. Ich lag inmitten der Stille völlig allein. Nach einer Weile trieb ich dahin wie auf einem Floß auf dem Meer. Kein Laut. Kein leises Rauschen des Wasserhahns nebenan, keine Schritte auf dem Fußboden, kein Öffnen der Tür. Die

Stille, sie war von außen herangetreten, und jetzt lag ich ganz von ihr umschlossen, lag abgeschlossen in einem Zimmer hoch über der Straße, über dem Getöse des morgendlichen Verkehrs. Mit einem Ruck stand ich auf. Von Anfang an hatte ich gewusst, was geschehen war. Keine Sekunde länger konnte ich in diesem Zimmer bleiben. Ich stieß mit dem Fuß gegen die leere Calvadosflasche, die neben dem Bett auf dem Boden herumrollte. Ich schob die Vorhänge auf, es musste bald Mittag sein. Ich zog mich an, noch immer taumelnd vor Betrunkenheit, ich wusch mir durchs Gesicht, das Wasser war tatsächlich kalt, aber es wurde nicht besser. Ich drückte die Zimmertür hinter mir zu, sie fiel mit einem leisen Knall ins Schloss, ging die ausgetretene Treppe hinunter, zahlte die Rechnung am Tresen, trat auf die Straße. (Während der ganzen Zeit vermied ich es, daran zu denken, daran, dass es wahr sein könnte, und im Hinterkopf sah ich es ganz deutlich.)

Es war das Tageslicht, an einem Wintermorgen war es so schwer zu ertragen.

Keine Sekunde konnte ich still stehen. Eine Schwäche in den Beinen, ein Zittern, ein flatternder Herzschlag, sie trieben mich voran. Wenn ich an die Stille in dem Zimmer dachte …, ich musste fort, weg von diesem Zimmer. Und gleichzeitig … entsetzte mich die mit jedem Schritt wachsende Entfernung.

Ich fuhr nach St. Germain in jenes Bistro, in dem wir morgens schwarzen Kaffee tranken, als wir in der Rue des Saints-Pères wohnten.

Immer noch die Betäubung. Schmerzendes Licht in den Augen. Verschwommene Gestalten. Großflächige Gesichter, verzerrte Münder. Hinter der Betäubung die Anspannung.

Noch war ich nicht allein. Noch konnte ich durch die Straßen rennen. Noch konnte sie an jeder Straßenecke auftauchen, zu mir zurückkehren, ein paar Schritte nur von mir entfernt sein. Noch ging ich nicht in ein dunkles Zimmer und schloss die Tür und blieb dort liegen.

(Begann sie nicht nachts zu schreien … und fand sie sich nicht später flach ausgestreckt am Boden, den Kopf mit der lallenden Zunge, den vor Müdigkeit zufallenden Augen neben der leeren Flasche? War das, bevor sie zu mir ins Bett kam, oder hatte sie, auf dem Boden eingeschlafen, nie neben mir gelegen, wie ich geglaubt hatte?)

Ich stellte mich an den *Zinc*. Alle Tische waren besetzt, der Raum brechend voll. Zwei Jungen spielten an den Flippergeräten, die Kellner rannten durcheinander, Rufe, Klappern von Geschirr, das Telefon klingelte, die Kasse, die Espressomaschinen zischten. Jemand warf eine Münze in den Musikautomaten. Da dröhnte die Stimme von Bette Midler durch den Lärm und das Durcheinander, und als ich dorthin starrte, saß ein fremdes Mädchen an unserem Tisch und rührte geistesabwesend in ihrem *café crème*.

Meine Hände zitterten. Das war die Nacht, der Calvados, die Überreizung. Man musste sich auf den Beinen halten, das war das Wichtigste, noch einen Kaffee. Ich stand dicht eingezwängt zwischen zwei Männern, der eine las die Zeitung, der andere redete mit dem Patron hinter der Theke und schlürfte einen kleinen Rosé. Die Spiegelwände warfen ein unrasiertes und übernächtigtes Gesicht zurück. Ich trank den schwarzen Kaffee, er war bitter und heiß, die Wärme beruhigte, mit jedem Schluck wurde die Trauer fast ein Genuss. Ich ließ mich gehen …, der aufsteigende Dampf aus der Tasse … weichte den Schmerz auf. Man konnte Kaffee trinken und die Fußgänger an der Straßenkreuzung gegenüber beobachten und bezahlen und weggehen und anfangen zu überleben.

Im selben Moment durchzuckte mich der Schmerz. Brach über mir zusammen, ich krümmte mich, duckte mich, wollte schlagen und schreien. Wollte alles mit dem Ärmel von der Theke wischen und mich prügeln, gleichgültig mit wem, bis mir das Blut aus der Nase strömte und ich zusammensackte. Bewusstlosigkeit, ich schrie nach Bewusstlosigkeit. Doch dann setzte er sich plötzlich fest, der Schmerz, wie ein Schiff, das auf ein Riff läuft, rammt, hakt, ruckt, da ist. Ich zahlte und ging.

Stundenlang bin ich herumgelaufen. Schließlich, ich war gerade in der Gegend um die Bastille, wurde ich müde und ging in das nächste Bistro. Es war ein schäbiges Ding mit winzigen Plastiktischen und eiskalten Stühlen. Ich ging hinein und bestellte ein Sandwich und einen halben Liter Rotwein und setzte mich in eine Ecke.

Ich dachte an Acht und ihre stumme Anwesenheit auf dieser Reise. Ich hatte sie immer für die verkörperte Erscheinungsform meines eigenen Gedächtnisses gehalten, dem sich unbewusst die Erfahrungen einritzen, und nun war sie fort. In der Nacht war sie gegangen. Diese letzte, endgültige Stufe ihrer Abwesenheit hatte sie gegenwärtiger gemacht als je. Doch vielleicht waren wir zusammen gewesen auf die einzig mögliche Art – ich hatte sie verloren, bevor ich wusste, ob ich sie finden würde.

Wo war sie jetzt? War sie zurück auf dem Weg nach Deutschland, in das Haus, zu dem Mann, den ich am Strand von Surville bei ihr gesehen hatte? Saß sie jetzt in einem Zug, nachdenklich rauchend, hingegeben dem Rollen der Räder, das sie von mir entfernte?

Oder ging sie noch immer in den Straßen herum und ließ sich ansprechen und ging auf der Stelle mit, obwohl sie niemals mit, sondern nur neben einem ging. Und dann setzten sie sich in ein Bistro und in ein zweites und drittes. Und sie trinkt überall stumm ihren Calvados. Und dann steht sie auf und verlässt, ohne sich umzublicken, ihr gefülltes Glas, den Mann, das Bistro.

Nach einer Weile fing ich an, mich zu langweilen. Darauf liefe es also hinaus ..., die Zeit totzuschlagen ..., zu trinken, zu gehen ..., die Straßen würden sich entleeren, die Lichter verlöschen, sie würden länger, die Straßen. Ich bestellte einen zweiten halben Liter. Was war unmöglich? Die Langeweile auszuhalten, das winterliche Licht in den Straßen, diese Geschichte – auf gut Glück aufgebrochen zu sein und nirgends angekommen? Ich glaubte nicht ans Gehen, und trotzdem hatte ich es für die einzig vertretbare Illusion gehalten, damit fortzufahren.

Der Wein begann zu wirken, ich wurde betrunken. Hinter dem Nebel im Kopf hockte noch immer der Schmerz. Ich sagte mir: Ich sitze in einem hässlichen Bistro an einem hässlichen Tisch an der hässlichen Place de la Bastille. (Ich begann, mich ein wenig erhaben zu fühlen.) Keine Lügen, keine sanften Tröstungen. Kein Freund, kein Besitz. Da draußen liegen die Straßen. Ich sehe die Leute, sie rennen in ihre Familien, in ihren Frieden, in ihre Gesetze.

Die Tür ging auf, und zwei Paare betraten den Raum. Das eine, man sah ihm das Arbeiterviertel hinter der Place de la République an, ein junges Pärchen mit verfilztem Haar und ranzigen Lederjacken, drückte sich in eine Ecke. Sofort schob sich die Hand des Jungen unter den Rock des Mädchens (alles lag offen in jedermanns Blickfeld), und sie verfielen, die Köpfe zueinander über den Tisch beugend, in ein langes Geflüster. (Wie alltäglich waren in der Wirklichkeit die obszönen Gesten.)

Das andere Paar – Mutter und Kind. Die Mutter zerrte an dem Jungen. Riss ihm durchs Haar, knöpfte an der Jacke, putzte ihm die Nase, belauerte ihn, wie er seine Limonade trank. Ein unaufhörliches Zerren und Reißen und Stechen, das schwoll an in dem Raum (während das Pärchen in der Ecke flüsterte und der Patron, auf den Tresen gestützt, glasig nach draußen starrte), es schwoll an und breitete sich aus, dehnte sich, stieg an, gleich würde es überschwappen …, da hörte der Junge zu trinken auf und: *Sieh mal*, sagte er hingerissen und zeigte auf einen Gegenstand in der Ecke.

Eben noch diese anschwellende Qual und nun diese Stimme, die außer sich war vor Entzücken!

Aber konnte ich überhaupt sicher sein, dass es sich so abgespielt hatte, so und nicht anders? War es nicht vielmehr ein weiteres Zeichen … für diese Unfähigkeit …, jemals die Wirklichkeit zu durchschauen?

Es gab Zeiten, da verfügte ich über ganz normale Gefühle, aber vielleicht war ich in Wahrheit –

Niemals ausgependelt. Man musste vorsichtig sein mit einer solchen Veranlagung. Ich konnte mich nur auf die Gegenwart stützen, jetzt, hier in diesem Bistro, in dem ich von fern das Donnern der Räder hörte, mit dem die Hochbahn zwischen den Dächern dieses Viertels über die Eisenträger rollte, in dem ich neben den schäbigen Hauseingängen die Haufen von Abfall sah und die arabischen Namensschilder über den Kneipen …, und es gab immer nur einen winzigen Schritt, den ich riskieren konnte – gerade von hier bis zur Bastille –, weit würde er nicht reichen, und man müsste immer von neuem entscheiden.

Draußen begann Schnee zu fallen und schmolz sofort

wieder zwischen dem Nachmittagsstrom der Fußgänger auf dem Bürgersteig. Das war jetzt, und in der nächsten Stunde würde ich etwas anderes sehen.

Der Wein spülte in meinem Mund. Ich schmeckte ihn mit Gaumen und Zunge, zu viel Gerbsäure, er rann durch die Kehle, ich konnte den Finger ins Glas stecken und ihn fühlen, weich und kühl, ich konnte ihn sehen, riechen, schmecken, fühlen … jetzt. Gab nicht eine Wahrnehmung, eine Empfindung wie diese mir zuweilen die Gewissheit einer erkennbaren Wirklichkeit? Ein Betrug offensichtlich, denn das Wirkliche, das wusste inzwischen jedes Kind, war selten das Tatsächliche. Und trotzdem konnte ich nicht anders, als jede Farbe, jeden Geschmack und Geruch noch in ihre feinsten Verästelungen zu verfolgen.

Plötzlich war der Schmerz wieder da. Ich war ein Idiot. Warum hatte ich während des ganzen Tages nicht ein einziges Mal versucht, in der Wohnung am Boulevard Edgar Quinet anzurufen? Vielleicht saß sie dort in der Küche seit Stunden und wartete auf mich, zwischen Kaffeesatz, leeren Flaschen und Obstschalen, während die Dämmerung über den Dächern hereinbrach. Vielleicht wartete sie dort, auf einem Stuhl zusammengekauert ins Leere starrend, auf das Klingelzeichen.

Ich suchte nach dem Zettel mit der Nummer, stieg die Treppe hinunter zum Telefon. Ich ließ es eine lange Zeit läuten, doch niemand meldete sich.

(Ich erinnerte mich jetzt – wie leblos hatte ich sie zuletzt gesehen, in einem Augenblick des flüchtigen Aufschreckens aus dem Schlaf, ausgestreckt auf dem Boden, in der Hand das leere Glas. Immer noch hatte die Neonlatte vor dem Fenster gebrannt und ihr fahles Helllila durch den Vorhang fallen lassen.) Ich stellte mir vor, wie jetzt das ferne Läuten durch die leeren Zimmer lange und durchdringend schrillte. Eigentlich erwartete ich jetzt nichts mehr. Aber ich ließ es weiter klingeln. Fast stumpfsinnig lauschte ich dem militärischen Ton in dem Hörer. Neben der Telefonzelle befanden sich die Waschräume. Eine Tür stand offen, und ich sah die weißen Pissoirbecken an der Wand. Blitzende Leere. Warum nur riefen diese unterirdischen Pissoirs immer das Gefühl von Bedrohung hervor, Erinnerungen an halb erleuchtete Verhörräume, an gekachelte Irrenanstalten, ans Leichenschauhaus.

In einem Zimmer gegenüber spielten zwei Männer allein miteinander Billard. Stumm umkreisten sie lange den grünen Tisch mit spähendem Blick, und plötzlich stach einer zu.

Ich ging wieder nach oben, zurück an meinen Platz. Immer ist es in diesen taghellen, ganz von Glas umgebenen Bistros zu kalt. Wahrscheinlich ist aber dieser Eindruck von Kälte eine Täuschung, und sie kommt daher, dass man den Blicken der anderen in dem direkten Licht des taghellen Himmels mehr als anderswo ausgeliefert ist. Ein wenig wird einem hier die Haut abgezogen. Ich fröstelte. Versuchte, mich hinter einer banalen Geste zu verstecken, bestellte ein weiteres Sandwich und Kaffee.

Dann starrte ich wieder nach draußen. Der Platz um die Säule war schmutzig, ein Abfallhaufen unter einem weiten, aufgerissenen Himmel. Immer noch gingen die Leute vorüber, die Köpfe gereckt, sich drängend und stoßend.

Plötzlich sah ich meine Hand, diese Haut …, die etwas Abstoßendes hatte. Diese bleiche, leicht schuppige Haut …, diese weißfleischige Hand, geöffnet wie ein weicher, sich ringelnder Wurm …, lag da vor mir auf dem Tisch …, man sah ihr an, dass etwas mit ihr nicht stimmte. Gleich würde sie anfangen zu zucken, das musste verhindert werden. Sie ließ sich gehen, die Hand, wie ein zitternder Greis, ein betrunkener Obdachloser, das musste versteckt werden.

Draußen fiel noch immer der Schnee und zerschmolz, sobald er das Pflaster berührte, da war der Wein, und von unten drang das gleichmäßige Klicken der Billardkugeln in meinen betäubten Kopf.

Es wurde Zeit, ich musste zahlen. Gleich würde der Schnee sich in Regen verwandeln, unter heftigen Windstößen würde es auf den Platz regnen, und der Regen würde in den Straßen hinter der Bastille den Abfall neben den Haustüren aufweichen und über das Pflaster spülen. Draußen waren, trostlos und erregend, die Straßen.

Ich trat auf die Straße, und mein Blick fiel auf die gegenüberliegende Hauswand. Eine Reklametafel, in deren Mitte jene Hand aus der Metrostation prangte, die aus dem Nichts der sie umgebenden leeren Fläche heraus ein Zeichen machte. Da rannte ich, das Bild dieser Hand vor mir, von einem Anfall unmäßigen Gelächters geschüttelt, die Straße hinunter.

Christian Gailly

»Diese Eleganz der Ironie, diese Musik aus Worten, die auf ihrem Höhepunkt abbricht, sind Gailly ganz eigen und Kennzeichen seines Könnnes.« *Le Monde*

Christian Gailly
KV 622

Mozarts Klarinettenkonzert hat ungeahnte Folgen.
Vom Autor des erfolgreichen Romans *Ein Abend im Club.*

»Gailly ist der komischte, pessimistischste Autor, den die Verzweiflung zulässt. Ein Buch der Hoffnung und der fröhlichen Trauer zugleich. *Libération*

Berliner Taschenbuch Verlag
Weitere Informationen: www.berlinverlag.de